SAGEN
RUND UM DEN
BODENSEE

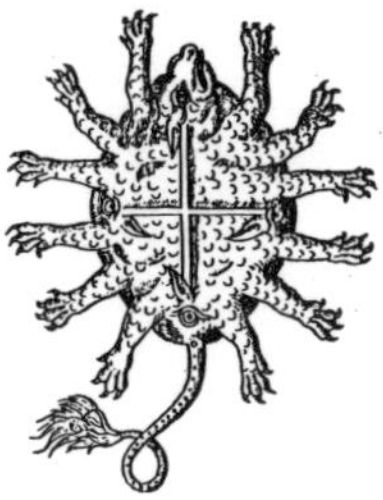

Leander Petzoldt

SAGEN RUND UM DEN BODENSEE

G. Braun Karlsruhe

Für erteilte Abdruckgenehmigung danken wir
Anton H. Konrad Verlag, Weißenhorn: 16, 18, 23, 58, 62-66, 69, 72, 74-76, 78-82, 84, 85, 87, 89,99
Landesverein Badische Heimat, Freiburg: 28, 30, 31
Olms Edition AG, Zürich: 147, 152, 153, 158, 161-163, 165, 177, 183
Philipp Reclam jun. Verlag GmbH, Ditzingen: 27, 29
Rosgarten Verlag GmbH, Konstanz: 20, 88, 97, 104, 132, 187
Verlag Huber, Frauenfeld: 169, 173, 180, 182

Fotos

Städtisches Museum, Überlingen: 74
Stiftsbibliothek St. Gallen (Foto C. Seltrecht, St. Gallen): 35, 74

Umschlag: Werner Richner, Saarlouis

Gesamtherstellung: G. Braun, Druckerei und Verlage

CIP-Titelaufnahme der Deutschen Bibliothek

Sagen rund um den Bodensee /
Leander Petzoldt. Karlsruhe : Braun, 1990
ISBN 3-7650-8070-5
NE: Petzoldt, Leander [Hrsg.]

Inhalt

Einleitung

Das Land um den Bodensee besitzt eine reiche Überlieferung an Sagen und Schwänken, Legenden und Erzählungen, die von der wechselvollen Geschichte dieser Region, aber auch von dem Verhältnis ihrer Bewohner zu der sie umgebenden Natur Zeugnis geben.

Wie die Mehrzahl unserer Sagen und Märchen sind auch die vorliegenden im 19. Jahrhundert in der Nachfolge der Brüder Grimm aufgezeichnet worden, soweit sie nicht auf ältere Chroniken zurückgehen. Das bedeutet, daß sich in ihnen eine vorwiegend bäuerlich strukturierte, vorindustrielle Welt spiegelt, die in starkem Maße durch den Begriff der Tradition bestimmt ist und in der sich das Leben des Einzelnen in den vorgezeichneten Schranken einer überlieferten Ordnung bewegt. Insofern sind Sagen kulturhistorische Zeugnisse einer vergangenen Epoche, Zeugnisse wie Menschen lebten, wie sie dachten und handelten.

Mit vielen Ausläufern reichen sie noch in unsere Zeit hinein. Wenn etwa von einem frevelnden Fischer erzählt wird, daß er auch die kleinen Fische fing, die er gar nicht verwenden konnte, so drückt sich darin – modern gesagt –, ein ökologisches Verständnis für den Umgang mit der Natur aus, das gerade in der Gegenwart besondere Aktualität besitzt. Diese „Weisheit der Sage“ wird vielfach sichtbar, selbst wenn sie von einem Narren, wie Kuoni von Stockach, formuliert wird, der den kriegsrüstenden Herren warnend zu bedenken gibt, sie alle rieten, wie man in die Schweiz kommen solle, keiner aber, wie man wieder herauskomme. In der Schlacht von Morgarten 1315 sollte sich seine Warnung bewahrheiten, denn das österreichische Reiterheer wurde in einem Engpaß fast völlig aufgerieben, und Herzog Leopold entkam mit knapper Not. Leopold erinnerte sich seines klugen Ratgebers und gewährte ihm die Erfüllung eines Wunsches; Kuoni von Stockach erbat sich daraufhin, so wird berichtet, das Privileg für die alljährliche Abhaltung eines Narrengerichts in seiner Vaterstadt. Dieser kluge Narr soll 1355 gestorben sein.

Man könnte fragen, wer alle diese Sagen erfunden hat, z. B. von dem Ochsen, der so gewaltig ist, daß er den Bodensee austrinken kann? Solche Sagen sind teilweise recht alt. Der Riese Eishere oder Einher wird erstmals bei dem St. Galler Mönch Notker Balbulus (der Stammler), in dessen „Taten Karls des Großen" (um 900), erwähnt. Der als Mann aus dem Thurgau bezeichnete Riese entstammt jedoch nicht der germanischen Mythologie, sondern er zeigt die Züge eines riesenmäßigen Helden bzw. eines „Menschenriesen". Sein Name Eishere wird von Notker richtig gedeutet, der schreibt, daß er fast ein Heer ersetzte. Die Erzählforschung bezeichnet diese Erzählungen als Proportionssagen, Übertreibungen, die so grotesk sind, daß sie ein Lächeln hervorrufen, weil man ja weiß, daß es das nicht gibt.

Auf der anderen Seite finden wir in der Sage die liebenswerten Verkleinerungen; die Zwerge heißen hier Erdmännle, der Schrat Schrättele und die Waldfrau ist das Holzweible. Die Waldgeister, die Wassergeister und die Nixen sind hier nicht so unheimlich wie anderswo, und den Erdmännle und Holzfräulein, dem Tobelmandli und dem Poppele eignet im Alemannisch-schwäbischen wie auch im Thurgauischen eine zumeist freundliche Gesinnung. In den dämonischen Gestalten, die das Land um den See bevölkern, werden gewissermaßen Urängste der Menschen konkretisiert, benannt und gleichsam im Diminutiv erträglich gemacht.

Damit vermitteln die Sagen ein Bild der Menschen und der Landschaft um den See, einer Landschaft, die früh von irischen Mönchen christianisiert wurde, was ebenfalls in den Sagen und Legenden seinen Niederschlag gefunden hat; einer Landschaft, die reich ist an Klöstern und Kirchen, Burgen und Schlössern, waren doch die Klöster Reichenau und St. Gallen im frühen Mittelalter kulturelle und geistige Zentren, die über die Region hinauswirkten. Die Herrschergeschlechter der Welfen und Staufer, die Grafen von Montfort und die geadelten Kaufleute, die Möttelin, und viele andere entfalteten sich im nördlichen Hinterland zu geschichtlicher Größe und prägten das Land und seine Bewohner. Vieles davon hat die Sage bewahrt.

Weniger freilich erzählt sie vom täglichen Gleichlauf der Dinge als von jenen Vorfällen, die geeignet sind, diesen Gleichlauf zu stören, von außergewöhnlichen Naturereignissen, von den Grausamkeiten der Kriege, von List und Niedertracht, von außergewöhnlichem Frevel, Hartherzigkeit, Habsucht, Willkür und Blasphemie. Es sind meist Erzählungen, die von der übernatürlichen Bestrafung eines Menschen berichten, der sich außerhalb der Ordnung gestellt hat. Außerhalb der Ordnung stehen nicht nur Diebe und Mörder – deren Bestrafung ist selbstverständlich – in der Sage geht es mehr um die läßlichen Sünden, den nicht gehaltenen Feiertag, den verbo-

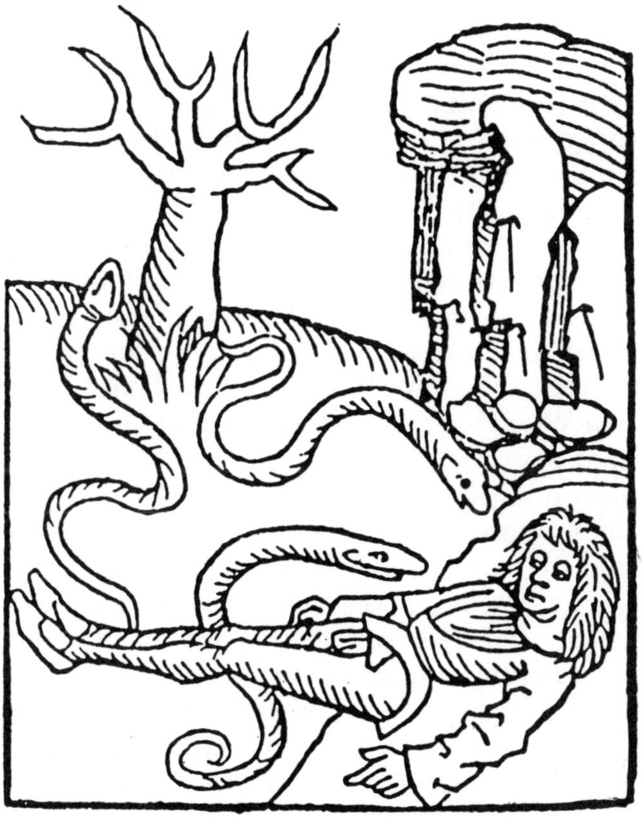

Ein Schlangenbeschwörer wird angegriffen, Holzschnitt von 1491

tenen Tanz, die Brotverschwendung, Hartherzigkeit gegenüber den Armen, Unachtsamkeit mit fremdem Vieh, blasphemische Handlungen gegen geweihte Gegenstände, kurz, alle jene Verstöße gegen die ungeschriebene Norm, die wohl durch Sanktionen der Gruppe, nicht aber durch das Strafgesetzbuch geahndet werden können. Hier wird eine Funktion der Sage sichtbar, die das gesellschaftliche Zusammenleben der Menschen betrifft. Diese soziale Funktion zeigt sich in den Erzählungen von Frevel und Strafe, aber auch in Konflikten mit dem Eigentum, schließlich in den überaus häufigen Schatzsagen, in denen heimliche Wunschbilder ihre Erfüllung finden, als einem Ereignis, das jedem widerfahren könnte. Sagen sind also Erzählungen, die etwas aussagen über die Möglichkeiten menschlicher Welterfahrung und die auf eine bestimmte Weise die Welt deuten wollen.

Die reiche Sagenüberlieferung um den Bodensee ist, häufiger als anderswo, in die Literatur eingegangen. Schon die Dichter der „schwäbischen Romantik“ entnahmen der Sagenüberlieferung wesentliche Anregungen, allen voran Gustav Schwab mit seiner Ballade „Der Reiter und der Bodensee“, aber auch an weniger Bekanntes sei erinnert, etwa Gottfried Kellers Gedicht „Der Narr des Grafen von Zimmern“, der eine hübsche Episode aus der „Zimmerischen Chronik“, aus der zweiten Hälfte des 16. Jahrhunderts, behandelt. Die Zimmerische Chronik hat auch Ludwig Uhland zu einigen Gedichten und Balladen angeregt, und durch ihn sind eine ganze Reihe populärer Glaubensvorstellungen und Erzählmotive, wie die Erscheinung von Wiedergängern und Naturdämonen, über die Lande hinaus bekannt geworden.

Trotz ihrer reizvollen Motive und der Fülle an Stoffen hat es die Sage gemeinhin schwerer, ein Publikum zu finden als das Märchen. Denn die Sage ist, anders als das Märchen, nüchtern und von einfacher Sprache, sie ist einepisodig und stärker der Realität verhaftet. Wirklichkeitsnäher als das Märchen ist sie eine Erzählung, die die geschilderten Vorgänge durch zeitliche, räumliche und personale Angaben zu belegen sucht. Auch übernatürliche Begegnungen werden in der Realität festgemacht und durch Bezugspersonen beglaubigt. Sie umfaßt daher das breite Spektrum menschlicher Auseinandersetzung mit seiner eigenen und der ihn umgebenden Natur, mit der historischen Realität und der transzendenten Welt. Aus ihrer Nähe zur übernatürlichen Welt bezieht die Sage einen Teil ihrer emotionalen Anziehungskraft, was dazu führt, daß sie oft im persönlichen Erlebnis motiviert ist. Der individuelle und subjektive Wahrheitswert dieser Erlebnisse ist unbestritten. Das persönliche Erlebnis ist aber in den meisten Fällen der faszinierende Zusammenstoß mit dem Unbekannten, dem Übernatürlichen, dem Jenseitigen, sei es ein Aufhockererlebnis, Naturdämonen, der feurige Hund auf der Dorfstraße, der sich körperlich manifestierende Geist eines Widersachers oder auch nur der Tritt auf eine Irrwurzel, der den einsamen Wanderer in die Irre gehen läßt. Die landschaftliche Prägung und ihre lokale Verknüpfung aber macht die Sage zu einer „geheimen Geschichte“ der Landschaft; sie vermittelt ein Wissen von den Dingen, das rational nicht zu vermitteln ist.

Da die Landschaft rund um den Bodensee ein historisch gewachsener uralter einheitlicher Kulturraum ist, erscheint es dem

Raben verkünden Unheil über einer Stadt, Holzschnitt

Verlag und dem Autor gerechtfertigt, die charakteristischen Sagen aus dieser Region, ungeachtet heutiger staatlicher Grenzen, zu einem Lese- und Heimatbuch zusammenzustellen, das dem Einheimischen das Wiederfinden mancher Erzähltradition ermöglicht und dem Fremden, dem Gast und Urlauber, einen Einblick in den Erzählreichtum, den Witz und die Mentalität dieser Landschaft und ihrer Menschen erlaubt.

Leander Petzoldt

Von der Konzilsstadt Konstanz und vom Bodanrück

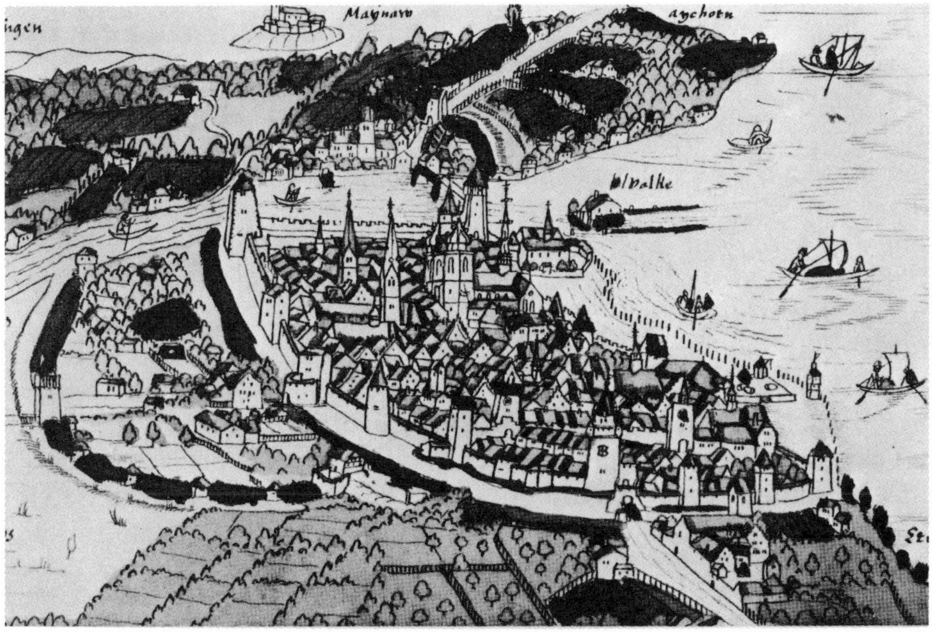

Konstanz mit der Insel Mainau, Federzeichnung um 1565

KONSTANZ

DAS KONZIL IM JAHRE 1414

Konstanz, behaupten viele, sei dereinst eine große und unermeßlich reiche Stadt gewesen, aber seit der Zeit des Konzils, da eine Menge Volk aus aller Herren Länder in seinen Mauern zusammenströmte, so daß die Vergnügungssucht unter den Bürgern Tag für Tag mehr um sich griff, sei der Wohlstand rasch versiegt.

In jener Zeit geschah es, daß man in Konstanz dem böhmischen Reformator Johannes Hus, einen ernsten und sittenstrengen Mann, der Ketzerei anklagte und auf dem kleinen Brüel verbrannte. Als man den Scheiterhaufen anzündete, ist ein Bäuerlein herbeigeeilt und hat voll Wut über den Ketzer ein großes Scheit Holz in die Flammen geworfen. Hus, der den törichten Glaubenseifer bemerkte, hat dem verblendeten Bäuerlein mit den Worten „O heilige Einfalt!“ diesen Schergendienst verziehen und ist bald darauf in Rauch und Flammen erstickt. Dem schaulustigen Volk soll er kurz vor seinem Feuertode die seherischen Worte zugerufen haben: „Heute bratet ihr eine Gans“ (dies bedeutet nämlich der Name Hus auf böhmisch), „über hundert Jahre aber wird ein Schwan kommen, den ihr nicht werdet töten können!“ Spätere Geschlechter brachten diesen Ausspruch in Verbindung mit Luther (1)

KONSTANZ

DER TEUFEL KOMMT VOM CONZILIUM

Zur Zeit, als das große Conzilium von Konstanz gehalten wurde, gab es in der Stadt eine zahllose Menge schlechter Frauenspersonen, die von allen Seiten dahin strömten. Eines Tages geschah es, daß ein Läufer über Feld bei Winterhaur lief, dem kam ein Weibsbild entgegen, so schön, wie er noch keins gesehen, das ihn verleiten wollte. Der Läufer fragte die Frau, woher sie käme, und sie sprach: „Ich komme vom Konstanzer Conzilium.“ Als sie sah, daß der Läufer auf einen vollen Geldsack schaute, den sie an der Seite trug, fügte sie noch hinzu: „Und das Gold all habe ich mir mit meinem schönen Körper verdient.“ Kaum hatte sie aber das Wort aus dem Munde, als sie verschwand, gleich einem Dampf, und nun erkannte der Läufer wohl, wen er vor sich gehabt. (2)

KONSTANZ

DAS GOTTESURTEIL

Im Jahr 1432 fand ein merkwürdiger Kampf zwischen Hans Roth, oder wie andere ihn nennen, Hans Ratenberg und einem gewissen Hans Riem statt. Ersterer hatte nämlich diesen als einen gefährlichen Zauberer, Wettermacher und Giftmischer ausgeschrieen und ihn auch bezichtigt, daß er seinen Schwager vergiftet habe. Daraufhin forderte Hans Riem, auf Anraten des Konstanzer Landvogts, des Grafen Bruno von Tettighofen, der ihm wohlwollte, den Hans Roth vor das Konstanzer Landgericht. Dieser stellte sich wirklich ein, erhärtete durch mehrere Zeugen seine Aussage von begangener Zauberei usw. und erbot sich, die Vergiftungsgeschichte hinsichtlich dessen Schwagers durch einen Zweikampf zu beweisen.

Darauf wurden beide Gegner von dem Landgericht in gefängliche Verwahrung gebracht und der letzte Juli 1432 als der Tag festgesetzt, an welchem das Gottesurteil durch einen Zweikampf entscheiden sollte. Zugleich erging durch öffentlichen Straßenausruf der Befehl, daß weder Frauen, noch Kinder unter zwölf Jahren, noch Geistliche, noch Bewaffnete sich zu dem Kampfplatze begeben und zuschauen dürften. Alsdann ließ man auf dem freien Felde, dem sogenannten großen Bühl, wohin später die St. Leonhardskapelle gebaut wurde, einen mit Sägemehl aufgeschütteten Kreis zurichten und um diesen eine starke, 120 Schritte weite und breite Schranke mit Sitzen ziehen, auf welchen der obengenannte Landgraf, der Landrichter und die Urteilssprecher Platz nahmen. Außerhalb dieser Schranken befand sich der Raum für die Zuschauer, deren etwa 20 000 herbeiströmten.

Als nun der bestimmte Tag erschienen, wurden die beiden Gegner, jeder besonders, von einem Schneider, so vorher eidlich angelobent hatte müssen, nichts Nachteiliges in seiner Arbeit anzubringen, in einen gleich verfertigten grauen, einem jeden durch das Los zugeteilten Rock gekleidet. Nachdem darauf ihr Haar kurz abgeschoren und jedem ein, ebenfalls von beeidigten Meistern geschmiedeter, hoher, bis über den Kopf reichender Schild und ein gleiches Schwert übergeben war, ließ man beide unter Begleitung von Bewaffneten in die Schranken führen. Jeder erhielt einen Sekundanten; Hans Roth den sogenannten Trommer von Tugen, und Hans Riem den Molle Truchseß von Diessenhofen, indessen Junker Schilter, als Erster Ratsherr und Landrichter zu Konstanz, durch die Stadtknechte ausrufen ließ, daß niemand, bei Lebensstrafe, ein Wort bis zu Ende des Kampfes reden, sonst ein Geräusch machen oder die Schranken überschreiten solle.

Als nun tiefe Stille im Volke herrschte, rief Ulrich Schilter: „Wohlauf in Gottes Namen. Zum ersten, zum anderen, zum dritten Mal! Beginnet euren Kampf!“ Auf dieses Losungswort gingen beide Kämpfer aufeinander los, stachen, schlugen, hieben und trieben einander eine gute Weile in dem Kreis herum, bis endlich der Riem den Roth oberhalb des Schildes mit dem Schwert in die etwas entblößte Achsel traf und demselben so in den Arm hieb, daß er kaum noch an der untern Haut hing. Riem trat sogleich nach diesem Hiebe einige Schritte zurück, strauchelte aber und fiel auf den Rücken; Roth jedoch stürzte trotz seiner schweren Wunde auf ihn zu und warf sich auf seinen Leib, um ihn zu erstechen. Allein, die Kräfte waren ihm durch den großen Blutverlust entschwunden, so daß es Riem gelang, ihm das Schwert aus der Hand zu winden und es ihm unter der linken Achsel in die Brust zu stoßen, sich wieder aufzuraffen und auf den bewußtlosen Roth zu knien. Dessen Ohnmacht nicht bemerkend, rief er ihm nun zu: „Ergibst du dich und willst du jetzt bekennen, daß ich unschuldig bin?“ – Roth aber, wahrscheinlich bereits tot, gab keine Antwort mehr, worauf Riem in blinder Wut ihm die Klinge durch das Herz bohrte, dann niederkniete und Gott für den Sieg dankte. Seine Unschuld ward nun öffentlich anerkannt und hergestellt; die blutige Leiche Roths wurde auf derselben Stelle beerdigt.

Nicht lange hernach gebar eine Frau in der Vorstadt Paradies ein Kind, welches nur einen Arm hatte. Diese hatte nämlich während ihrer Schwangerschaft heimlich vom Göltinger Tor aus dem Zweikampfe zugeschaut und sich an dem abgehauenen Arme Roths versehen. (3)

KUNZ VON DER ROSEN

Herzog Reinhardt von Lothringen, seines Herkommens ein Graf von Widamont, hatte seine besten Lehen vom Reiche, aber daneben das Herzogtum Barr von der Krone Frankreichs. In verschiedenen Sachen hatte er sich nun auf französische Seite gestellt, so daß er beim Kaiser in höchster Ungnade stand und er besorgte, dieser möchte nach der Beendigung des Schweizer Krieges tätlich gegen ihn vorgehen, zumal er imstande war, ihm ohne jeden Schwertstreich großen Schaden zuzufügen. Um das abzuwenden, schickte er einen seiner Räte nach Konstanz auf den Reichstag. Es war ein Doktor, ein gelehrter Mann, der ihn beim Kaiser entschuldigen und ihm untertänigst die Ungnade abbitten sollte.

Als der Doktor aber gen Konstanz kam und sich mehrmals beim Kaiser anmelden ließ, wurde er nicht vorgelassen; denn der Kaiser war so sehr über den Herzog erzürnt, daß er weder vom Doktor noch seinem Herrn reden hören wollte. Der gute Abgesandte, der bis dahin noch nicht viel in deutschen Landen gewesen war, auch nicht wußte, wie er sich weiter verhalten sollte, da er doch den Kaiser nicht zwingen konnte, ihn gegen seinen Willen zu empfangen, schickte einen Boten zum Herzog, um weiteren Bescheid zu erhalten. Dieser war übel zufrieden und sah wohl ein, daß der Doktor kein Hofmann war und sich leicht abweisen ließ. Er schrieb ihm deswegen wieder, er sollte seinen Auftrag beim Kaiser ausrichten oder ihm nicht wieder unter die Augen kommen. Dieser Bescheid machte den guten Doktor noch ängstlicher, und nachdem er lange mit sich zu Rate gegangen war, machte er sich an Conzen von der Rosen, des Kaisers Schalksnarr, der bei seinem Herrn viel vermochte. Conzen war gleich gefaßt, hatte Ratschläge an der Hand und sprach ihm guten Trost ein, er würde schon leicht zum Kaiser kommen können, doch nur insofern, als er ihm folgen wollte, was der andere zu tun versprach. Hierauf hatte Conzen acht auf den Kaiser und nahm eine Zeit wahr, als sein Herr die Fürsten zu Gast hatte und gar fröhlich und guter Dinge schien.

Nun holte er eilends den Doktor aus Lothringen, der mit einem langen Rocke bekleidet war, und führte ihn in den Palast. Als beide vor das Gemach kamen, in dem der Kaiser war, kroch Conzen auf allen Vieren, der Doktor mußte es auch tun, wie schwerlich es ihm auch ankam und wie ungern er es tat. So begaben sie sich beide kriechend vor den Kaiser, der nicht wußte, was es bedeuten sollte, und Conzen fragte, wer dieser Mann wäre und was er begehrte. Der Schalksnarr sprach: „Er ist der Gesandte des Herzogs von Lothringen, und weil er dir so oft nachgeritten und nachgegangen ist und du ihn nicht gehört hast, so kriecht er dir jetzt nach und ich mit ihm. Lieber Kaiser, höre ihn doch, so kommen wir beide des Nachkriechens ab!"

Der Kaiser lachte über alle Maßen, hieß sie beide aufstehen und verhörte den Doktor, den er dann in Gnaden wieder abscheiden ließ. (4)

KONSTANZ

DER TAPFERE METZGER

Im August 1548 belagerten spanische Söldnertruppen die Stadt Konstanz. Der Anführer suchte die Stadt durch List zu gewinnen. Es war ihm bekannt geworden, daß die Konstanzer ihre Wochenarbeit Montag früh stets mit einem Gottesdienste begannen. Während dieser Zeit nun sollte die Stadt überrumpelt werden.

Als es darum am Montag, dem 6. August, in der Stadt mit Tagesanbruch zum Gottesdienste läutete, rückten die Feinde in aller Stille über Bodman gegen Petershausen, die Vorstadt am rechten Ufer des Rheins. Noch gelang es dem Bannwart von Wollmatingen, eine Warnung in die Stadt zu schicken, daß man die Wachen beträchtlich verstärken konnte. Allein, trotz heftigster Gegenwehr mußten die Verteidiger, etwa zweihundert Mann, vor der Übermacht zurückweichen. Die Feinde drängten so schnell nach, daß sie fast gleichzeitig mit den Bürgern auf der Rheinbrücke anlangten, welche Petershausen mit Konstanz verbindet. Hier aber postierte sich einmal die tapfere Bürgerschar und wich nur Schritt um Schritt vor dem übermächtigen Feinde zurück.

Noch war weder das Stadttor geschlossen, noch das Fallgitter herabgelassen. Die Zugbrücke konnte nicht aufgezogen werden, denn sie war vernagelt, und die Torschlüssel waren nicht zu finden.

Da man das Schlimmste befürchten mußte, wurden die Tore auf der Schweizer Seite geöffnet, damit Frauen und Kinder sich retten könnten. Schließlich war es dann auch gelungen, das bedrohte Tor zu schließen.

Noch aber kämpfte eine kleine Schar draußen auf der Brücke. Der Tapfersten einer war hier ein Metzger. Mutig wie ein Löwe hieb er mit seinem Beile drein. Schließlich aber drangen zwei Spanier zugleich auf ihn ein. Rettung war nun unmöglich. Da umschlang er mit seinen eisernen Armen die beiden, stürzte sich mit ihnen in den tiefen Rheinstrom und fand dort den Heldentod. Inzwischen war es den Waffenfähigen in der Stadt gelungen, vom Innern des Torturmes her das Brückendach zu durchlöchern und die Brücke mit Geschütz zu bestreichen. Eine kleine Anzahl der Verteidiger der Brücke konnte dann durch ein kleines Einlaßpförtchen in die Stadt gelangen. Andere hatten sich schon durch Schwimmen über den Rhein gerettet. Die Spanier aber verließen die Brücke, die sie in Brand steckten und wandten sich nach Petershausen, um dort zu sengen und zu brennen. (5)

KONSTANZ

DER BESTRAFTE FREVLER

Anno Christi 1384 gingen etliche arme Knaben aus der Konstanzer Vorstadt Stadelhofen in den eine Stunde davon entfernten Bernrainischen Wald, um Abfallholz zu lesen. Als sie nun mit den gesammelten Reisigbündeln bei dem auf der Bernrainer Höhe stehenden Christuskreuz ausruhen wollten, griff der Mutwilligste unter ihnen, namens Schappeler, dem Bilde unseres Heilandes unter die Nase und sprach mit spöttischen Gebärden: „Herr Gott, laß dir die Nase schneuzen, so küß ich dich desto lieber!“ worauf ihm augenblicklich die Hand erstarrte und also fest an der Nase des Christusbildes angeheftet blieb, daß er unbeweglich mit aufgestrecktem Arme allda stehen mußte.

Voll Entsetzen eilten die anderen Kinder in die Stadt zurück und erzählten es den Leuten, worauf sogleich eine große Anzahl geistlicher und weltlicher Personen sich in Prozession an jenen Ort verfügte und Gott den Allmächtigen um Gnade und Barmherzigkeit anrief, bis die Hand des Knaben sich wieder von der Nase des Bildes ablöste. Trotz dieser fürchterlichen Warnung aber blieb der Junge so gottlos und leichtfertig wie vor, namentlich war ihm das Fluchen und Lästern so zur zweiten Natur geworden, daß ihm zwei Jahre später, durch Urteil des Magistrats, die Zunge aus dem Hals geschnitten wurde.

Das wunderbare Christusbild aber ist noch heutigen Tags (1733) in der zum Andenken dieser Begebenheit, auf städtische Kosten, auf dem Bernrainer Hügel erbauten Kirche zu sehen und wird von zahlreichen Kranken und Notleidenden, an denen es fortwährend Wunder tut, besucht und verehrt. (6)

„Bernrainer Kind" nennt man heute noch da und dort am Bodensee einen ungeratenen Burschen; eine Bezeichnung, die wohl auf obiges Ereignis zurückzuführen ist.

KONSTANZ

DAS BESSERE GEBET

Von einem Einsiedel, der in den helvetischen Landen gewohnet (ich weiß aber nicht in welchen Jahren), hab ich mir von einem vornehmen gelehrten Mann erzählen lassen, daß ihn der Weihbischof von Costnitz (Konstanz) besucht hat, um zu erfahren, was hinter ihm stecken möge. Da habe er eine pure Einfalt angetroffen, und als er den Einsiedel gefragt, was er bete, hätte er geantwortet, er bete nur ein kurzes lateinisches Gebet. Als nun der Weihbischof gefragt habe, wie es laute, hätte er geantwortet: o Domine miserere Dei! o Domine miserere Dei! Darauf habe der Bischof gesagt: Du betest nicht recht, sondern mußt sagen: o Domine miserere mei.

Als er nun seinen Rückweg angetreten und über den Bodensee fuhr, sei der Einsiedel auf dem Wasser dem Schiff nachgelaufen, rufend und bittend, man solle doch ein wenig innehalten, er hätte das Gebet vergessen und wäre wieder auf die alte Redewendung gekommen.

Als aber der Weihbischof das Wunder gesehen, hätte er das Kreuz über ihn gemacht und gesagt: Gehe hin in Gottes Namen, du kannst besser beten als ich. Darauf sei der Einsiedel wieder umgekehrt und habe sich zurück in seine Klause begeben. (7)

Der Erzähler ist Hans Jakob Christoffel von Grimmelshausen

KONSTANZ

VOM HL. KONRAD

Der hl. Bischof Konrad feierte an einem Ostertag im Dome das Amt. Da ließ sich, kurz nachdem die Wandlungsworte gesprochen waren, unversehens von oben eine Spinne herab, mitten in den Kelch hinein. Die Spinnen galten aber damals für giftig. Trotzdem genoß der fromme Bischof das heilige Blut samt der Spinne.

Nach Beendigung des heiligen Opfers kehrte er in seine Wohnung zurück. Dort setzte er sich zu Tisch, stützte aber, ehe er zu essen anfing, wie nachdenkend sein Haupt in beide Hände. So saß er ziemlich lange stillschweigend da. Seine Diener erschraken und fragten ihn, ob ihm etwas fehle. Er verneinte es und meinte, er warte auf einen Gast. Gleich darauf kroch eine Spinne lebendig und unversehrt aus seinem Munde. (8)

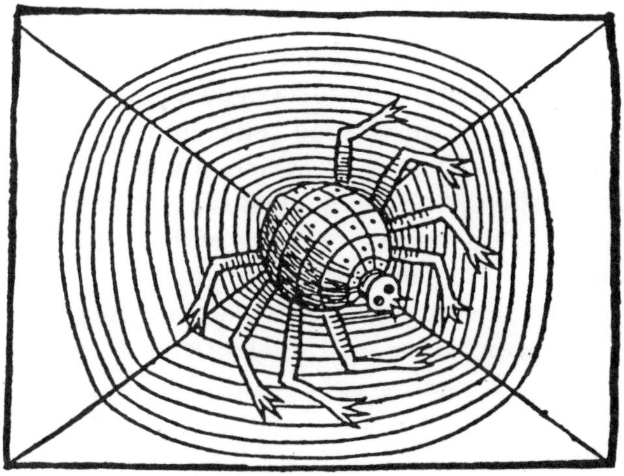

Die Spinne des hl. Konrad, Holzschnitt von 1491

KONSTANZ

WIE GRAF GOTTFRIED CHRISTOPH ZIMMERN EINEN GEIST GETROFFEN

Es hat sich in dieses Grafen Behausung zu Konstanz ein Gespenst vielmals hören, auch zu Zeiten sehen lassen, darob der Graf nicht wenig Beschwerde getragen. Insonderheit aber ist ihm das Gesinde oftmals erschreckt worden, und hat mit Poltern und Getümmel eine wilde Weise gehabt.

Wann es sich hat sehen lassen, so ist es eine lange, weiße und außerhalb des Hauptes unmenschliche Form gewesen, hat ihm Unruhe gemacht, sonderlich aber in einer Nacht, als er in seiner Kammer geschlafen und sonst niemand außer einem Diener bei ihm gewesen. Ist der Geist zu seinem Bett kommen und hat ihn geweckt, darob er über die Maßen übel erschrocken. Weil ein Nachtlicht in der Kammer und ganz hell gewesen, hat er den Geist zu allernächst zu Häupten gesehen, also daß der Geist den Kopf an des Grafen Haupt ganz nahe gehabt. Hatte ein weißes Leinentuch, wie die Abgestorbenen gemeiniglich in solche eingenäht werden, über und angehabt, ein weiß Angesicht und grüne, glitzerige Augen, als ob es grüne, helle Gläslein wären und brennten.

Tat der Graf wohl, als ob er lachete, fing aber gleichwohl an mit den Zähnen zu klappern. Dieweil aber der Graf so plötzlich aufgeweckt, ist er dermaßen erschrocken, daß er dem Geist, der auch nicht gleich weichen wollte, nicht zuhörte, sondern im Schreck im Bett auffuhr und den Diener im Bett anschrie. Derselb schlief aber so hart, daß er unverhindert des vielen Schreiens nichts gehört. Der Geist ist von solchem Geschrei doch etwas zurückgewichen, richtete sich langsam auf und tat, als ob er geschwind rede, und gebärdete sich erschrecklich. Wie er aber letztlich doch weichen mußte, hat er den Grafen groß und fürchterlich angesehen, auch ein groß Seufzen gelassen. Damit ist er abgewichen und ist es nicht anders gewesen, als ob der Geist durch die Bank vor dem Bett wäre gefallen.

Der Graf ist derselbig Nacht erregt gewesen, daß er wenig mehr geschlafen. Dieweil er aber vermeint, es sei vielleicht eine Seele, die zur Buß umginge, hat er keine Kosten gescheut mit Almosengeben und Betenlassen.

Jacob Holzer, ein Schwarzkünstler aus dem Thurgau, hat nun in einer Nacht um die Elfe den Geist in ein Kämmerlein beim Roßstall beschworen. Der Geist ist erschienen in einer rechten menschlichen Gestalt, hat ein graues Haar und eine ansehnliche Gestalt gehabt, wie ein Priester in einer Alben, und hat ihm auf seine Fragen mit heller und verständlicher Stimme geantwortet: „Ich bin Graf Hans von Lupfen und hab' diese meine Pein verschuldet des Stifts halber allhie, das durch mich und Doktor Botzheim höchlichst vernachteilt worden ist."

Es ist auch Doktor Botzheim gleichfalls gepeinigt, der muß alles zu seiner Zeit an einem andern Ort büßen. Mir kann auch zu dieser Zeit niemand helfen, sondern muß meine Schuld also in dieser allhie, auch in meiner Behausung in Engen ablegen und diese beiden Häuser zu meiner Pein haben und begehr niemand kein Leids zu tun, damit ich in sechs oder acht Jahre gebüßt habe und wiederum zur Seligkeit komme. (9)

Albe: Weißes Priestergewand

KONSTANZ

DIE EISSCHREIBER

Als in einem kalten Winter der Bodensee zugefroren war, schrieben die Konstanzer dies Ereignis, um es der Nachwelt kundzutun, in die Eisdecke des Sees ein, die mit dem kommenden Frühjahr wieder zu Wasser wurde. (10)

KONSTANZ

KIRCHE ALS STALL BENUTZT

Nachdem die Johanniskirche in Konstanz nicht mehr als Kirche gebraucht wurde, wurde sie als Stall benützt. Aber alles Vieh ging darin zugrunde, namentlich wurden den Geißböcken nachts von unsichtbarer Macht die Hälse umgedreht. Da hörte man auf, die Kirche als Stall zu gebrauchen. (11)

KONSTANZ

WOHER DIE GANGFISCHE IHREN NAMEN HABEN

Die Gangfische sollen ihren Namen von Bischof Gebhard II. von Konstanz (975-995) erhalten haben. Als derselbe einmal nach dem Kloster Petershausen fuhr, das er gestiftet hatte, wurde sein Schiff von so vielen kleinen Fischen umgeben, daß es kaum durchkommen konnte. Der heilige Mann aber hatte Eile; denn es war schon Abend, und er wollte bald wieder nach Konstanz zurück. Um seine Fahrt zu beschleunigen, rief er vom Schiff heraus: „Gang Fisch!“, und plötzlich waren alle verschwunden. (12)

KONSTANZ

DIE SCHLAGFERTIGE THURGAUERIN

Als Kaiser Maximilian mit seinem Heer zu Konstanz lag, erließen die Eidgenossen ein Schreiben an ihn. Diesen Brief brachte ein Mädchen aus dem Thurgau nach Konstanz; denn man haßte sich so sehr, daß weder Schwaben noch Eidgenossen sich getrauten, einen Mann als Boten zu schicken.

Im Hof wartete sie auf Antwort. Da fragte sie ein Soldat barsch: „Was machen die Eidgenossen im Lager?“ „Auf euren Angriff warten“, meinte die Thurgauerin unerschrocken. Als der Soldat fragte, wieviele Eidgenossen bereit stünden, gab sie zurück: „Genug, um euren Angriff abzuwehren.“ Nun drangen die Soldaten auf sie ein, sie solle die genaue Zahl angeben. „Wenn's mir recht ist, hättet ihr sie zählen können, als sie vor Konstanz standen.“ „Haben sie denn genug zu essen?“, wollte einer wissen. „Wie sollten sie denn kämpfen, wenn sie nicht genug zu essen und zu trinken hätten?“ Einer der Soldaten wollte nun die kecke Thurgauerin erschrecken. „Dir will ich für dein freches Reden den Kopf abschlagen!“ Doch die Thurgauerin ließ sich nicht einschüchtern. Sie sagte: „Bist du ein Held! Einem Weib den Kopf abschlagen! Wenn du deinen Mut kühlen willst, dann geh ins Lager der Eidgenossen; dort findest du gewiß einen, der dir den Mut abkauft." Da ließen die Soldaten ab von ihr, und die mutige Thurgauerin kam unbehelligt ins Lager der Eidgenossen zurück. (13)

REICHENAU

ES GEHT AUF KEINE KUHHAUT

Wir hören in St. Martins Lebensbeschreibung, daß er einmal die Messe las, und als er bei dem stillen Teil der Messe war, da half ihm St. Briccius zu der Messe singen. Und wie er da stand, da sah er den Teufel, der saß hinter dem Altar und schrieb auf einer breiten Kuhhaut (Pergament) die sündigen Gespräche der Leute auf, die sie in der Kirche führten. Und da ihm das Pergament nicht ausreichte, und weil er nicht mehr darauf schreiben konnte, da nahm der Teufel die eine Seite der Haut in die Klauen, die andere Seite in das Maul, und wollte sie auseinanderzerren, daß er mehr Platz zum Schreiben darauf hätte. Da rutschte ihm die Haut aus den Zähnen und er schlug mit dem Schädel an den Altar, so daß er sein Gesicht zu einer Grimasse verzog. Als dies der hl. Briccius sah, mußte er lachen. (14)

REICHENAU

DER HL. PIRMIN VERTREIBT DIE SCHLANGEN

Die Insel Reichenau war ehemals ein wildes Eiland, das in dem Gebiet eines Austrasischen Landvogts namens Sintlas lag, der auf der nahen Burg Sandeck, oberhalb Bernang am Untersee, wohnte. Von ihm hieß die Insel die Aue, auch die Sintlas-Au.

Sintlas war ein frommer Mann und eifrig um die Verbreitung des Christentums in seinem Gebiet besorgt. Seinen Bemühungen gelang es, den heiligen Pirmin als Apostel für seine Heimat zu gewinnen. Im Jahre 724 kam jener in das Gebiet des Sintlas, der ihn bat, ein Haus der Andacht in der Gegend zu gründen. Der Heilige wählte dazu die nahe Insel, die der See von allen Seiten umfloß; weil sie aber voll greulicher Würmer war, riet ihm Sintlas ab. Pirminus Entschluß blieb jedoch fest; von einem Schiffer begleitet, fuhr er auf die Insel hinüber, die damals nur finstere Wälder, dorniges Gebüsch und Sümpfe enthielt, worin eine Unzahl Kröten, Schlangen, giftige Insekten und anderes Getier hausten.

Als der Heilige südlich von Deichmanns Schlößchen ans Land stieg, da entstand wunderbarerweise an der Stelle, wo sein Bischofsstab die Erde berührte, eine Quelle. Die häßlichen Tiere aber flohen und schwammen über den See. Drei Tage und drei Nächte soll ihre Flucht gedauert haben. Als nun die Insel für immer von den Tieren befreit war, reinigte Pirmin mit vierzig seiner Genossen das Eiland von dem wildverschlungenen Gesträuch, und bald war die Insel für Menschen wohnlich.

In kurzer Zeit erhob sich durch den Fleiß des heiligen Mannes und seiner Brüder ein Kloster, das bald die Zierde der ganzen Seegegend werden sollte. Leider mußte Pirminus schon nach drei Jah-

Der hl. Pirmin vertreibt die Schlangen von der Reichenau, Holzschnitt von 1475

ren infolge der Streitigkeiten der Alemannen und Franken die Insel verlassen. Bevor er abreiste, setzte er seinen Schüler Heddo oder Etto als Vorsteher seines Stifts auf der Sintlas-Au ein. Dieser führte die Ordensregel des heiligen Benedikt ein. Ungewöhnlicher Segen begleitete die Stiftung. Könige und Kaiser wetteiferten in ihren Schenkungen an das Kloster. So kam es, daß die Reichenau in den ersten Jahrhunderten nach ihrer Stiftung das begütertste Kloster weit und breit war und mit allem Recht ihren Namen Reichenau führte. Heute noch geht die Sage, wenn der Abt von Reichenau nach Rom reiste, konnte er jede Nacht auf eigenem Grund und Boden zubringen. Das mag durch den Umstand entstanden sein, daß das Kloster bedeutende Besitzungen am Comer See in Italien hatte.

Weithin drang der Ruhm des Klosters, das lange Zeit neben St. Gallen eine der ersten Bildungsstätten des südlichen Deutschlands wurde. (15)

Austrasien oder Austrien: der östliche Teil des Frankenlandes unter den Merowingern

MAINAU

DAS SCHWEDENKREUZ

Die Insel Mainau ist mit dem Bodanrück durch eine Brücke verbunden, an ihrer Westseite steht mitten im Wasser das sogenannte Schwedenkreuz, eine Kreuzigungsgruppe: Christus mit den beiden Schächern zur Rechten und zur Linken.

Als im Dreißigjährigen Krieg die Schweden die Insel Mainau eingenommen hatte, warfen sie die Kreuzigungsgruppe in den See, zogen sie dann wieder heraus, luden sie auf einen von zwei Pferden gezogenen Wagen und fuhren damit davon. Aber sie kamen nur bis Litzelstetten, denn da hielt er und war nicht mehr von der Stelle zu bringen, obgleich die Schweden zuletzt zwölf Rosse davor spannten. Am Ende ließen sie von ihrem Vorhaben ab und trabten davon. Zwei Rosse genügten den einheimischen Bauern, die Kreuzigungsgruppe an den alten Platz zurückzubringen; dort stellten sie die Gruppe wieder auf, und dort steht sie auch heute noch. (16)

MAINAU

DER DURSTIGE LASTTRÄGER

Einer der letzten Komture der Mainau lud einst einen Lastträger aus Konstanz zu Gast, der ob seines riesigen Durstes bekannt war. Damit diesem ja nicht der Stoff ausgehe, ließ er ein Gefäß, 25 badische Maß haltend, neben dessen Stuhl aufpflanzen, die der auch ruhig während des Mahles so nebenbei austrank.

Ohne zu wanken kehrte er dann über den schmalen Steg nach Hause zurück; im Sternen zu Petershausen, der ihm gar einladend entgegenblinkte, kehrte er noch ein und beklagte sich bitter, daß der Komtur seinen eingeladenen Gästen nicht einmal genug Wein zu trinken gebe. (17)

DINGELSDORF

DAS HEILIGKREUZ

Eine halbe Stunde von Dingelsdorf liegt am Walde auf der Höhe, von der man eine prachtvolle Aussicht auf den See und das gegenüberliegende Ufer genießt, der Weiler Oberdorf, der bis 1805 der Deutschordenskommende Mainau gehörte. Auf freiem Rasenplatz steht ein kleines Kirchlein, die Heiligkreuzkapelle, mit einem Türmchen auf dem vordern Dachfirst und darunter eine nach außen gerichtete Kanzel. Die Kapelle wurde so genannt nach einem alten Prozessionskreuz, das auf dem Altar hinter Glasverschluß aufgestellt ist.

Vor alter Zeit wurde dieses „Heiligkreuz von Oberdorf“ auf wunderbare Weise gefunden: Auf dem Platz, auf dem jetzt die Kapelle steht, weidete eine Herde Vieh; da wühlte ein Stier mit den Hörnern den Boden auf und scharrte aus der Erde ein seltsam geformtes großes Kreuz heraus, von dem niemand vorher etwas gewußt hatte. Das Volk erblickte hierin ein Wunder und verehrte das Kreuz wie ein Heiligtum. Auf der Stelle, wo das Kreuz gefunden wurde, baute man eine Kapelle und stellte das Kreuz darin auf, zu dem nun viele Leute wallfahrten. Die Dingelsdorfer wollten das

Kreuz in die Pfarrkirche nehmen, da dort mehr Platz war. Eines Tages holten sie deshalb mit Kreuz und Fahnen aus der Oberdorfer Kapelle das Heiligkreuz und brachten es in die Dingelsdorfer Kirche; andern Tags aber war dasselbe wieder wie bisher auf dem Altar der Oberdorfer Kapelle, wo es von nun an blieb. (18)

ALLENSBACH

DER SCHWARZE PUDEL

Ein schwarzer Pudel hütet in Allensbach, wo früher ein Schloß gestanden haben soll, vergrabene Schätze. Vor langer Zeit lebte im Dorfe ein überaus zänkisches Weib. Als sie einst in der Nacht mit ihrem Ehemann Streit bekommen, verließ sie unter Verwünschungen das Haus. Es war Mitternacht, als sie am Schloßbuck vorbeikam. Da vertrat ihr der Borstige mit glühenden Augen den Weg. Voller Schreck kehrt sie um, ihrer Wohnung zu; der Hund aber gibt ihr das Geleit. Sie klopft an der Haustür; der Mann öffnet, und als er die Eskorte sieht, sagt er lakonisch: „Du hast einen Saubern bei dir.“ Die Frau war geheilt. (19)

WALLHAUSEN

HERO UND LEANDER

An den Ufern des Überlinger Sees, gegenüber der einstigen Burg Hohenfels, steht auf steilem Fels die Ruine der Burg Kargegg. Auf ihr lebte vor vielen Jahren die wunderschöne Tochter eines Edelmannes; die hieß Fortunata und war dem Ritter von Hohenfels in heimlicher Liebe ergeben. Ihr Vater, der von dieser Liebe nichts wissen wollte, ließ sie streng bewachen, so daß der Hohenfelser nur in dunklen, sternlosen Nächten das Fräulein besuchen konnte.

Da griffen die beiden Liebenden zu einer List. An jedem Abend, an dem das Fräulein allein war, stellte es eine brennende

Kerze unter sein Fenster; die sollte dem Ritter Zeichen und Wegleuchte sein. Sobald dann der Hohenfelser das Licht aufschimmern sah, schwamm er über den See zu seiner Geliebten – und erst in der Morgendämmerung kehrte er jeweils auf dem gleichen Wege wieder zurück.

Lange Zeit nahm dieses nächtliche Wagnis ein gutes Ende. Als aber eines Nachts, da der kühne Jüngling wieder zur Kargegg hinüberschwimmen wollte, ein wilder Sturm losbrach, der das Licht verlöschte, kämpfte Hohenfels vergebens mit den gewaltigen Wogen. Er verlor seine Kräfte und versank unfern der Burg in den Fluten.

Hero und Leander, Holzschnitt, 16. Jh.

Nachdem Fortunata lange Zeit sehnlichst auf ihn gewartet hatte, eilte sie aus ihrem Zimmer hinunter zum Ufer, wo eben die Brandung den Leichnam ihres Geliebten an Land spülte. Sie nahm ihre Liebe und Treue mit ins Grab.

Ihr Geist wandelt noch immer in den Ruinen der Burg. Wer ihn erlöst, erlangt jene wundersamen Schätze, die in den verschütteten Gewölben der Burg vergraben liegen, darunter ein Kegelspiel aus lauterem Gold. (20)

WALLHAUSEN

DAS LEICHTE SCHNEIDERLEIN

Der Halbmond ist eine schroff ansteigende Felswand unweit der Kargegg. Ein harmloses Schneiderlein aus einem nahen Dorfe suchte einst hier im Walde nach Haselnüssen. An der dicht bewachsenen Felswand macht er einen Fehltritt und stürzt in die Tiefe. Als er aus der Betäubung erwacht, ist er völlig unverletzt. Da gelobt er eine Wallfahrt nach Einsiedeln, um dort dem Gnadenbilde so viele Pfund Wachs zu opfern, als sein eigenes Körpergewicht betrage. Am fernen Gnadenort angekommen, läßt er sich wiegen. Und siehe! Sein Gewicht beträgt kaum zehn Pfund. Mißtrauisch besteigt er die Waagschale zum zweiten Mal. Da zieht er gar bloß noch fünf Pfund. Jetzt merkt er, wie gut es die Muttergottes mit ihm meine. Er opfert gläubig nach dem geringeren Gewicht und zieht fröhlich von hinnen. (21)

BODMAN

WUNDERBARE RETTUNG

Um das Jahr Christi 1308 lebte Johann von Bodman, des uralten adligen Geschlechts am Bodensee, welcher in seiner Jugend ganz wunderlich bei dem Leben erhalten worden. Das hat sich also zugetragen. Es kam ein Schwarzkünstler und fahrender Schüler an diesen Ort, welcher dem Herrn zugesagt und versprochen, er wolle durch seine Kunst zuwege bringen, daß forthin in dieser Gegend um den Bodensee herum kein Nebel oder Reif den Weinreben mehr Schaden bringen solle, welches man ihm aus vorgehenden Taten geglaubt und große Freud gehalten.

Als nun das ganze Hausgesind mitsamt den Junkern fröhlich getanzt, schlug unversehens ein feuriger Strahl in das Schloß, so daß es an allen Orten anfing zu brennen. Daselbst sind sieben Edelmänner mitsamt dem Hausgesinde, Knechten und Mägden jämmerlich zugrundegegangen. Zu dieser Stund erbarmet sich die Säugamme gar sehr ihres jungen Kindes, und weil sie besseres nit mögen, erwischte sie einen ehernen Hafen, setzt das Kind darein, machte viel Tücher zu Ring um es, damit es wohl befestigt wurde, und warf es von einem hohen Turm über das Schloß hinaus, da es dann auch am Leben erhalten und von dem zulaufenden Volk erkannt und hingetragen worden. So war Johannes allein von diesem Geschlecht damalen überblieben, ward auch in allen Tugenden auferzogen. Sobald er auch erwachsen, ist er dem kaiserlichen Feldlager nachgezogen und hat sich dermaßen wohl gehalten, daß er zum Ritter geschlagen worden. Nach diesem kam er wieder heim, erneuerte seiner Vorfahren Wohnung und hielt sich so löblich, daß ihn jeder sehr geliebt. Es sind alle seine Nachkommen aber von ihm her Johannes geheißen und in dem Kloster Salmannsweiler ehrlich zur Erde bestattet worden, da dann diese Historien an eine Tafel gemalt. (22)

Feuersbrunst in einer mittelalterlichen Stadt, Holzschnitt, 16. Jh.

BODMAN

DAS NEBELMÄNNLEIN

Ein Ritter von Bodman wollte die Welt ausreiten. Er nahm von seiner Gemahlin Abschied. Da sie aber noch jung war, sagte er zu ihr: „Wenn ich binnen sieben Jahren nicht zurückkehre, so magst du mich zu den Toten zählen, und wenn dir der Sinn darnach steht, einem anderen Mann die Hand zum Ehebund reichen."

Von ein paar Knappen begleitet, machte sich der Ritter auf den Weg übers Meer und in ferne, unbekannte Länder. Schon viele Jahre war er unterwegs, als er in eine wilde Einöde kam und abends auf einem hohen Berg ein Licht schimmern sah. Er schickte einen Knappen hinauf, um zu erfahren, ob Menschen da oben wohnten, bei denen man Herberge finden könnte. Aber der Knappe kehrte nicht zurück, und auch der zweite und der dritte nicht. Endlich, nach langem Warten, machte sich der Ritter selbst auf den Weg. In einem kleinen Haus fand er ein Weiblein, das sich ihm zu erkennen gab. „Wißt Ihr, ich bin die Frau des Nebelmännleins", sagte es, „mein Mann ist ein grausiger Feind aller Menschenkinder. Wenn Ihr das Schicksal Eurer Knappen nicht teilen wollt, dann macht Euch schleunigst davon!"

Das Weiblein hatte kaum zu Ende gesprochen, als beide jemand kommen hörten. „Er ist's, schnell da hinunter in den Keller!", flüsterte es. Aber das Nebelmännlein ließ sich nicht täuschen. „Ich wittere einen Menschen!", schnaubte es, „da unten muß er verborgen sein!" Und ging auf das Kellerloch zu. Der Ritter sah sich entdeckt und stieg herauf. So merkwürdig es klingt – der Alte war nicht unfreundlich und begrüßte ihn mit seinem Namen. „Woher wißt Ihr, wie ich heiße?", fragt der von Bodman verwundert. „Ich kenne Euch nicht nur beim Namen", erwidert das Nebelmännlein, „ich weiß noch mehr, ich weiß von Eurer Gemahlin, die morgen in der Schloßkapelle zu Bodman mit einem anderen getraut werden wird, die sieben Jahre, die Ihr bedungen habt, sind längst verflossen."

Den Ritter trafen die Worte wie ein Wetterstrahl. „Das Bodmer Nebelmännle nennt man mich", fuhr der Alte nach einer Weile fort. „Versprecht Ihr mir, die Nebelglocke, die jeden Abend in Bodman geläutet wird und mir schauerlich um den Kopf bimmelt, nicht mehr läuten zu lassen, so will ich Euch gerne helfen. Noch vor Tagesanbruch sollt Ihr in der Heimat sein.“ Der Ritter willigt ein, und das Nebelmännlein ruft nach einem seiner dienstbaren Geister. „Wie schnell bist Du?“, fragt der Alte. „So schnell wie der Pfeil vom Bogen“, ist die Antwort. „Zu langsam!“, sagt das Nebelmännlein, läßt einen anderen kommen und stellt an ihn die gleiche Frage. „So schnell wie der Wind!“, rühmt sich der zweite, doch auch er ist zu langsam. Erst der dritte ist der rechte, denn er eilt so schnell wie des Menschen Gedanken. „Auf mit ihm!“, befiehlt das Nebelmännlein.

Der Ritter weiß nicht, wie ihm geschieht. Als er erwacht, liegt er auf dem „Gänsriedersteg“ bei Bodman. Von der Morgensonne beschienen, glänzt der See und die heimatliche Burg. Als fremder Pilgrim steht der Ritter von Bodman im Schloßhof, wird zum Festmahl gerufen und erhält einen Ehrenplatz. Die Braut selbst kredenzt ihm den Trunk. Unbemerkt läßt der Ritter seinen Ehering in den Becher gleiten, und als sie ihm Bescheid tut, erkennt sie den Ring auf des Bechers Grund – und erkennt in dem fremden Pilgrim den totgeglaubten Gemahl. Alles endet in Freude, der Ritter aber löst getreulich das Versprechen, das er dem Nebelmännlein gegeben hat.

Noch soll zuweilen bei niederem Wasserstand die versenkte Nebelglocke zu sehen sein. Das Nebelmännle aber hat seinen Sitz im „Löchle“, einer, wie man sagt, unergründlichen Tiefe des Sees bei Bodman; der Fleck soll selbst bei größter Kälte niemals zufrieren. In stillen Nächten steigt der silberbärtige Alte auf, führt die Schiffsleute in die Irre und schadet mit kaltem Reif den Reben. (23)

BODMAN

ST. OTMAR IM GEFÄNGNIS

Man erzählt sich noch heute (16. Jh.), der hl. Otmar habe zu Altenbodman im Gefängnis gelegen. Von etlichen schwäbischen Fürsten sei er den Herren von Bodman gefangen ausgeliefert worden, die ihn lange Zeit sehr hart und ohne alles Erbarmen auf dem Frauenberg gefangen gehalten hätten, dort, wo einst das alte Schloß Bodman gestanden, von dem sie auch ihren Namen hätten. Dort zeigt man noch ein finsteres Gewölbe, worin

St. Otmar wird gefangen genommen, Miniatur von 1451

der heilige Mann gepeinigt worden sei. Deshalb wird auch erzählt, die von Bodman hätten sich so sehr an St. Otmar versündigt, daß ein Fluch auf sie und ihre Nachkommen gekommen sei, denn die meisten ihres Geschlechts hätten ein Gebrechen an den Beinen, was man bei einigen von ihnen noch heutigentags sehen könne. Ob es aber wirklich auf die oben beschriebene Ursache zurückzuführen ist, das mag sein oder nicht. Das weiß am besten der, dem nichts verborgen und unbekannt ist. (24)

DAS FISCHRECHT

Die Herren von Bodman haben kürzlich nach St. Otmars Tod eine große Ehr am Bodensee erlangt, desgleichen im Land zu Schwaben, indem sie in ungarischen Kriegen, als die Ungarn samt andern ungläubigen Völkern beinahe die ganze deutsche Nation überzogen und durchstreift, die Stadt Konstanz und ein großen Teil des Bodensees vor Überfall und Verderbnis verhütet haben. Welcher Gestalt aber solches geschehen, das ist von unsern unfleißigen, liederlichen Vorfahren nicht verzeichnet worden; aber ist wohl zu gedenken, sie (die von Bodman) haben die Feind zu Wasser und zu Land angegriffen, ihnen allen Abbruch getan und ein solch herrliche „victoriam" erlangt.

Daher denn von selbiger Zeit an der Gebrauch und eine sonderliche Freiheit bei denen von Bodman, daß sie jährlich zu einer besonderen Zeit im Jahr, so der Gangfischfang am besten, in einem Jagdschiff von Bodman abends ausfahren, den See bis gegen Konstanz nach ihrem Gefallen durchstreifen mit großem Jubel und Geschrei: „Huno, Huno" zu ewigem Gedächtnis des Sieges. Alsdann so fliehen alle Fischer vom See, und laßt sich niemand sehen oder von ihnen ergreifen; denn so das geschähe, wäre ihnen derselbig mit Leib und Gut verfallen, oder es mochten ihn die von Bodman nach ihrem Gefallen strafen. Was Fisch sie unterwegs fanden in Laidtschiffen oder sonst, das dürfen sie alles mit sich hinweg nehmen. Mit solchem Triumph fahren sie bis gegen Konstanz zu der Rheinbrukken. Da hat es dann andere Zeremonien und Gebräuch, wie die hernach in dieser Historia an gebührlichem Ort mit allem Bericht gründlich vermeldet werden, und diese Freiheit ist ihnen von allen römischen Kaisern zu Lehen verliehen, und ist eine große Herrlichkeit, dergleichen in unserem Bezirk nicht leichtlich gefunden wird. (25)

Vom Schienerberg und am Hochrhein entlang bis Schaffhausen

Hohentwiel, Kupferstich von 1626

GUNDHOLZEN

DIE DIEBISCHE ELSTER

Zu Gundholzen saß im 13. Jahrhundert auf seiner Wasserburg Berchtold von Dießenhofen, genannt der Ritter von der Höri, ein sehr reicher Mann. Eines Tages ließ er sein Silberzeug putzen und an der Sonne trocknen. Der damit betraute Diener übte nicht die nötige Aufsicht, so daß später einiger Silberschmuck fehlte. Der Verdacht des Diebstahls fiel auf den Diener; er wurde, obwohl kein Beweis geliefert werden konnte, zu Tode gequält.

Nach Jahren fiel eine alte Eiche dem Blitz zum Opfer. Berchtold von Dießenhofen ließ sie fällen. Als der Baumriese am Boden lag, gewahrte man in einem Geäst ein Vogelnest mit dem vermißten Silberschmuck. Nun war das Geheimnis gelüftet: eine Elster hatte den Silberschmuck gestohlen und in ihr Nest gebracht. Reue befiel den Ritter und seine Gemahlin. Um das an dem Diener begangene Unrecht wieder gutzumachen, verkaufte Berchtold seine Besitzungen an verschiedene Klöster, und seine Söhne und Töchter taten fortan Buße im Ordensgewand. (26)

GAIENHOFEN

DIE „SCHILDBÜRGER“ VOM BODENSEE

Es sind nicht allein die Bauern zu Wittershausen (im Schwarzwald) wegen ihrer Schwänke und Händel so berühmt gewesen, sondern die Bauern zu Gaienhofen haben sich auch dergleichen Gauklerei beflissen.

Von denen sagt man, daß sie auf eine Zeit einen Mühlstein zu Zell am Untersee kauften, den wollten sie heimführen, und sie hatten vor, ihn über den See in einem Schiff, jedoch an einem Strick, zu führen. Wie sie das nun versuchten, da ist der Mühlstein so schwer gewesen, daß er das Schiff umgezogen hat und sie beinahe alle ertrunken wären.

Danach haben sie einen großen Kirschbaum auf der Allmend voller Kirschen gehabt. Damit aber keinem von ihnen mehr Kirschen als dem andern wurden, haben sie einhelliglich beschlossen, daß alle, jung oder alt, Weib und Mann, jedermann aus dem Dorf selbst auf den Kirschbaum klettere, um die Kirschen abzubrechen. Dadurch haben sie den Baum so beschwert, daß die meisten Äste abbrachen, und wer darauf gesessen oder gestanden, ist heruntergefallen und es ist ein wildes Gepurzel gewesen. (27)

GAIENHOFEN

DER MORD AN MICHAEL VON REISCHACH

Zu Anfang des 15. Jahrhunderts gehörte die Feste Gaienhofen dem Ritter Konrad von Reischach. Sein Sohn Michael von Reischach führte ein ausschweifendes Leben, und sein Schwager, Ritter Hans von Stuben, fürchtete um das väterliche Erbe. Dieser bewog den Burgvogt Heinrich von Randegg, Michael zu ermorden. Dies geschah auch im Jahre 1417 nachts bei Abhaltung eines Festes auf der Feste Gaienhofen.

In stürmischen, schauervollen Nächten, wenn die Wetterfahnen auf den Türmen ächzen, entsteigt um die Mitternachtsstunde der Ritter dem Grabe, eilt im engen Wams mit Samtbarett auf dem Haupte die Stiege des Schlosses hinauf und verschwindet hinter der Türe, wo der Mörder heraussprang und ihn niederstach. Zweihundert Jahre lang nach dem Morde sah man noch die Blutspuren auf der Stiege, die nicht wegzubringen waren. (298

GAIENHOFEN

HOLZ FÜR DEN SCHULTHEISS

Man sagt, daß die Bauern von Gaienhofen zu einer andern Zeit ihrem Schultheiß etwas am Haus ausbessern wollten. Sie seien mit einem leeren Wagen in den Wald gefahren und hätten Zimmerholz gefällt. Wie sie ein Holz aufgeladen, habe der älteste von ihnen gesprochen: „Trägt der Wagen das Holz, so trägt er auch noch eines." Da haben sie noch eines aufgeladen. Da habe ein anderer von den Bauern gesagt: „Trägt er die zwei Hölzer, so trägt er auch noch das dritte." Danach hätten sie das dritte aufgeladen und also hernach das vierte. Damit sei der Wagen so überladen und beschwert worden, daß er zerbrochen und zusammengefallen sei. Da haben sie den Wagen abgeladen, nämlich ein Zimmerholz, und gesagt: „Trägt er dann vier Hölzer nicht, so trägt er auch drei nicht", nachher hätten sie aber alle Hölzer abgeladen und gesprochen: „Dieweil er die drei nicht zu tragen vermag, so trägt er auch die zwei nicht", und also fort, bis sie den Wagen wieder ganz abgeladen hätten. Dann haben sie ihn leer wieder heimgeführt. (29)

ein Holz: ein Baumstamm

KATTENHORN

DIE SCHWIMMENDE STATUE

Zur Reformationszeit, beim Abfall der Mammerer vom katholischen Glauben, warfen diese die Statue des hl. Blasius, ihres Schutzpatrons, in den See. Diese schwamm aufrecht über das Wasser nach Kattenhorn, woselbst der damalige Schloßherr Marx von Kirchen zu Lindau (1527-1534) eine Kapelle erbauen ließ, um die Statue darin aufzustellen. Die Bewohner Kattenhorns verehren den hl. Blasius seitdem als ihren Schutzpatron. (30)

ÖHNINGEN

DER HIRSCH AUF HOHENKLINGEN

Als die Herren von Hohenklingen auf dem Schienerberg einst jagten, sprang ein verwundeter Hirsch schutzsuchend in den Zwinger der Burg, wo er lebend gefangen wurde. Ein Edelfräulein von Hohenklingen nahm sich seiner besonders an, verband ihm seine Wunde und pflegte ihn, bis sie heil war. Der Hirsch wurde so anhänglich an das Burgfräulein, daß er sie jeden Morgen zur

Der Hirsch auf Hohenklingen, Holzschnitt von 1548

hl. Messe nach Öhningen und zurück zur Burg begleitete. Da die Bewohner von Öhningen das Fräulein mit dem Hirsch immer ruhig passieren ließen, ihnen sogar Schutz gewährten, vermachte das Burgfräulein vor ihrem Tode der Gemeinde Öhningen einen 114 Morgen großen Wald am Steiner Bühl, auf Schweizer Boden, den die Gemeinde jetzt noch besitzt. (31)

STEIN AM RHEIN

WUNDERZEICHEN AM HIMMEL

Es war der 5. September 1562 zwischen neun und zehn in der Nacht, schaute der Wächter meiner Herren in Stein auf ihrem Schloß Hohenklingen nach gewohntem Brauch hinaus, ob er nichts sehe, woraus ein Schaden entstehen könnte. Als er zum hinteren Fensterladen in den Hegau hinausschaute, sah er zwischen

Westen und Norden, über beiden Schlössern Stoffeln, zwei große Kometen stehen; die standen am Himmel nicht weit auseinander, beide von derselben Form und Gestalt, oben spitzig, unten breit, hell wie Sterne mit angehängten Feuerflammen in blutroter Farbe. Sie waren ein jeder ungefähr drei Spieße lang. Darüber erschrak der Wächter heftig, ging hinein in die Stube zu seiner Frau, erzählte ihr davon, führte sie hinaus und zeigte ihr diese Erscheinung am Himmel, welche sie auch sah. Danach besann er sich darauf, den Himmel auch gegen die Stadt Stein hin anzuschauen.

Als er an den vorderen Fensterladen kam, gegen die Stadt hinaus, und den Himmel und die ganze Landschaft betrachtete, da sei neben dem Schloß Hohenklingen ein großes helles Feuer hervorgekommen und hätte begonnen, sich der Stadt Stein zu nähern. Es sei auch bis an die Stadt gekommen, so daß er besorgt gewesen sei, es würde die Stadt anzünden und verbrennen, denn es war nicht in der Höhe, sondern so niedrig, daß er über dem Feuer die Stadt gut habe sehen können. Es war auch so groß, lang und hell, daß er meinte, daß dreißig Häuser, die miteinander brennen, kein so großes, langes und helles Feuer geben würden. Als aber das Feuer ganz nahe an die Stadt herangekommen sei, sei es ein bißchen still gestanden und darauf verschwunden. Darauf sei es so dunkel geworden, daß er weder die Sterne noch etwas anderes gesehen habe. Eine solche Dunkelheit habe er sein Lebtag nie erlebt.

Darauf sei er wieder an den hinteren Laden gegangen, um die Kometen zu betrachten. Diese habe er noch bestimmt ganz gesehen wie vorher. Sie begannen aber von Stund an oben bei den Spitzen abzunehmen. Danach wurde der Himmel wieder schön, voller Sterne und hell wie vor dem Feuer. Gott möge sich unser erbarmen! (32)

STEIN AM RHEIN

DIE MORDNACHT

Daß die Stadt Stein, sint ihrem Auskauff von den Klingenbergeren, so steiff und redlich zu den Eidsgenossen sich gehalten, solches erwekte in dem Hertzen des Hegeüischen Adels, wie sie selbige wiederum in ihre Gewalt bringen möchten:

Weilen ihnen aber, eine offenbare Gewalt zugebrauchen, undienlich und zu gefährlich schiene; suchten sie mit List und gewißer Verrätherey solches zu bewerkstelligen. Hierzu nun sahen sie vor das beste Mittel aus, wann sie könnten einige Burger durch Gelt gewinnen und auf ihre Seiten bringen, welches ihnen auch so wohl gelungen, daß sie den Burgermeister selbst, durch eine Summe, hierzu bestechen können, daß er ihrem Vorhaben favorisirt. Es hat auch das Ansehen, daß von den Hegeüeren einige Consorten in die Stadt practicirt worden, um das Werk desto sicherer ausführen, oder bey sich äußerndem Anstoß und Fehlschlag die andern in Zeit wahrnen zu können.

Gleichwie aber braüchig, daß bey militarischen Handlungen, um Freünde vor Feinden kennen zu können, sonderlich bey der Nacht, ein gewüßes Wort zum Zeichen gegeben wird; also führten auch die Conspiranten das Losungs-Wort: Noch eine Weil.

Nachdeme nun alles eingefädelt ware, was zur Einnahm und Ueberrumplung der Stadt dienlich erachtet wurde, ward der Angriff declariert, der Sammel-Platz auch zum Theil in Eschentz gehalten, und sollte mit frühem Morgen, wann Tag und Nacht sich scheiden will, von der Rheinseiten her, bey und um das so genannte Welschen-Thürlein, die Stadt bestiegen werden. Allein der oberste Wächter und Hüter Israels sorgte vor die Stadt, und hieß es hier: Wann Sie's aufs klügste greiffen an, so geht doch Gott ein andre Bahn, steht all's in seinen Händen. Die Conspiration wurde noch zu rechter Zeit entdekt, wormit es folgender Gestalten hergegangen seyn solle:

Im Schaubmark wohnte in dem Haus, welches dißmahlen dem Salzmeister Hans Jacob Bart gehöret, und von langen Zeiten her eine Pfisterey (Bäckerei) und hernach bis auf deßen Possession eine Kupffer-Schmitten gewesen, ein Bek, welcher einen Knecht oder Lehr-Jungen gehabt, der von der Conspiration vollkommen informirt gewesen seye, sich aber nicht so wohl zu verstellen gewüßt habe, daß der Meister nicht etwas unrichtiges hette wahrnehmen können. In dieser Opinion nun seye auch der Meister dadurch gestärkt worden, weilen er gesucht, auf ein unbraüchige Weise von gedachtem Meister hinweg zukommen. Doch gleichwohl habe dieser treülose Hegeüer nicht über das Hertz bringen können, seinen Meister in solche Gefahr gerathen zu sehen, und weil er gewahret, daß man ihme nicht allzuwohl traue, habe er ihme den gantzen Handel entdekt und selbigen vor dem Unfall gewahrnet. Weil es nun eben die Zeit gewesen, da der Hegaüische Adel im Anmarsch begriffen ware, habe der Meister fleißig vigilirt, seine Mitmeister aufgemahnet, die gantze Stadt in allarm gebracht, und, weilen er das Wortzeichen gewüßt, die Hegeüischen so lange aufgehalten, bis die gantze Burgerschafft in Waaffen und zu behörigem Empfang dieser ungebetenen Gästen bereitet gewesen. Hierauf seyind die Feinde aller Orten angegriffen, in Unordnung und Confusion gebracht, ihrer eine ziemliche Anzahl niedergemachet, von der Stadt abgetrieben, und diese also nochmahls des Hegeüischen Adels und ihres Jochs entlediget worden.

Diese Relation haben wir hieher gesetzt, wie sie vor etlichen Jahren von einem alten Rathsherren erzehlt worden, welcher vorgegeben, daß er solches selbsten in der Cantzley gelesen habe: Wir haben aber dorten hiervon bis dato nichts finden können, daß wir die umständliche Hergangenheit der Sachen communiciren könnten und mangelt auch so gar das Protokoll etc.

Es ist jedoch die Haupt-Sache gewiß, und dem Burgermeister ein kurtzer Proceß gemacht worden, maaßen selbiger nach damahlig üblicher Weise, in einem Sak geschoben, über die Rhein-Bruk hinunter gestürtzt und ersaüft worden. Wer aber dieser gewesen, stehet dahin.

Von obbedeüter Conspiration und darbey geführtem Loosungs-Wort kommt es her, daß bis auf den heütigen Tag alle Morgen, wann Tag und Nacht scheidet, zu dieser Geschicht ewigem Angedenken, von dem Gaßen-Wächter: Noch ein Weil, noch ein Weile, muß geruffen werden.

Die Beker haben auch, ihrer getreüen und dapfferen Aufführung wegen, dieses Privilegium erhalten, daß sie alle dritte Jahr mit fliegendem eigenem Fahnen und klingendem Spiel, wiewohl auf ihre Kösten, einen Umzug in der Stadt halten dörffen; Worbey sie nicht unterlaßen, das Stammhaus ihrer Freyheit, in ermeldtem Schaubmark, mit einem Salve zu beehren.

Und wann ein Meister vom Lobl. Beker-Hand-Werk oder ein Müller, als welche Profession sie auch in ihr Collegium aufgenommen, Hochzeit hält, so wird der Fahne gleichfahls ausgesteckt. (33)

STEIN AM RHEIN

DER POLTERGEIST

Ums Jahr 1720 war der Junker Usteri aus Zürich mit seinem Sohne als Amtmann auf dem Kloster St. Georgen zu Gast. Ihre Magd hatte als Kammer ein Zimmer inne, das sich über dem Pfaffengang befindet. Nach der ersten dort verbrachten Nacht kam sie schneeweiß vor ausgestandenem Schrecken herunter und erzählte mit Zittern, wie fürchterlicher Lärm sie um Mitternacht aus dem Schlaf geweckt habe. Fortwährend seien im Raume über ihr Papier zerknittert und schwere Gegenstände herumgeworfen worden.

Der Amtmann lachte die Magd aus, sagte aber zu seinem Sohne, er möge die folgende Nacht in jener Kammer schlafen. Der junge Usteri nahm zur Sicherheit seinen Hund mit. In der Nacht erwachte auch er plötzlich an unheimlichem Lärm. Er zündete ein Licht an; aber kaum brannte es, so wurde es wieder ausgelöscht. Das wiederholte sich ein paar Mal, bis auf einmal etwas hell Leuchtendes im Zimmer herumflog. Der Hund sprang voll Angst auf das Bett seines Herrn und duckte sich in die Ecke. Ganz gleich wie die Magd in der vorigen Nacht, hörte der junge Usteri jetzt auch das unheimliche Knistern mit Papier und ein Gepolter, wie wenn dicke Bücher herumgeworfen werden. Von nun an wurde dieses Zimmer nie mehr als Schlafkammer gebraucht. (34)

STEIN AM RHEIN

DER DRACHENKAMPF DES HL. GEORG

Weilen nun das Kloster allhier auch unter anderem in der Ehr der Märteren Georgii und Cyrilli erbauen worden, auch solches denselbigen in seinem Wappen zu Fuß mit der Fahne, die Stadt aber in dem Wappen und Siegel zu Pferd samt dem Drachen unter ihm und in dem Bannier die ganze Historie abgeschildert führet: So wollen wir die Tradition beyfügen, wie sie noch zu dieser Zeit erzehlet wird.

Die Geschicht von dem Ritter St. Geörg solle sich nemmlich also zugetragen haben.

In dem so genannten Egel-See, auf dem Tegerfeld, unweit Kaltenbach, welcher ehemals größer und fischreich gewesen, habe sich ein großer Drach oder Lindwurm aufgehalten, welcher die Straßen unsicher gemacht, indem er Menschen und Thiere angegriffen; dieses Uebel aber seye um desto größer gewesen, weillen auf Burg ein König residirt, dahero die Wege sehr stark gebraucht werden müssen und diese Gegend unmöglich öd gelassen werden können. Weilen nun dieses Thier zu massacriren sich niemand getrauet oder unterstehen wollen, habe man, um den Zugang zu der Burg sicher zumachen, und die Passagirs und Einwohner vor einem so grausamen Tod zu verwahren, sich dahin verstehen müssen, diesem Drach täglich zwei Schaafe und eine Jungfrau lebendig zu seiner Nahrung zuzustellen, und so lang solches observirt worden, habe man Ruhe und Sicherheit gehabt.

Endlich aber, nachdem alle Jungfern, so man in dieser Gegend haben können, aufgegangen, habe sich der König resolviren müßen, seine eigene Princeßin der Freßhafftigkeit diese Ungeheürs aufzuopferen. Zu dem End habe man die Königliche Prinzeßin an das Reinlein, wo der Fußweg hinter Burg von der Straß hinaufgehet, gestellet und die Schaafe iroh an die Seite gethan.

Nachdeme sie nun eine kleine Weile allda gewesen, die Eltern selbige von Fehrniß beweinet und Sie unter kläglichem Weinen, heülen und Seüfftzen ihr Elend bejamert und ihren Würger erwartet, so seye ein schöner, tapfferer und junger Ritter daher geritten kommen, welcher die Prinzeßin um die Ursach ihrer äußersten Betrübniß und Jamers gefraget. Als sie ihm hierauf den gantzen Umstand der Sach mit Dee- und Wehmut erzehlet, habe dieser höchst-Mitleidens-würdige Umstand und die außnehmende Schönheit dieser Princeßin ihne also afficirt, daß er Theils aus aufsteigender Liebe zu dieser galanten Persohn, Theils aus anerbohrnen Tapfferkeit diesem Thier den Garaus zumachen, sich vernehmen laßen, er möchte dieses Monstrum auch sehen.

Anbey habe er diese Dame in etwas aufgemunteret und getröstet, welches so viel gewürket, daß selbige sich zum Theil recolligiret, und zu ihm gesagt, er solle nur ein wenig noch in Gedult stehen, es werde bald die Straße herein kommen, zugleich aber auch ihne auf das flehentlichste gebetten, daß er doch sich ihrer erbarmen, und allen Kräfften aufbieten solle, um sie von ihrem heran nahenden, grausamen Tod zu befreyen: Mit Versicherung, daß nicht allein der König, als ihr Herr Vatter, solche große That mit allen Gnaden erkennen, sondern Sie auch Ihre hernach heürathen und Lebenslang darvor dankbar seyn wolle. Hierdurch seye der Rotter noch mehr encouragirt worden, habe der Princeßin alles möglichste zu thun versprochen, zu dem End ein großes Stük Fleisch begehret, selbiges an seine Lantze gestekt und sich zu dem Kampff bereit gemachet.

Da nun das Thier daher gekommen, seye er demselbigen auf seinem muthigen weißen Pferd entgegen geritten und habe dem Lindwurm das Fleisch vorgestrekt; da er nun begierelich nach demselbigen geschnappet, habe der Ritter ihme mit allem Nachtruk selbiges in den Mund und zugleich den Spieß durch den Hals gestoßen und also dem Tod überantwortet. Weilen dann also dieser kühne Ritter diesen Lindwurm glüklich getödet, das Land von einer ungemeine Plage befreyet und die Königliche Princeßin von ihrem gewiß- und erbärmlichen Tode erlöset. So habe sich auch der König verpflichtet befunden, dem Begehren seiner Tochter hiemit ein Genügen zu thun und selbige dem Ritter zu seiner Gemahlin zu überlassen. (35)

GAILINGEN

DIE ÖTTELIBURG

Direkt über dem Dorfe Gailingen bei Diessenhofen, oberhalb des Judenfriedhofes, fanden sich bis vor einem Jahrzehnt auf dem kreisrunden, schmalen Plateau deutlich sichtbare Trümmer einer Burg. Der letzte Ritter dieser Burg war ein Leuteschinder und sollte von den Bewohnern der umliegenden Ortschaften gezüchtigt werden. In einer Nacht entwich er aber auf seinem Gaul, dem er die Hufe verkehrt aufgenagelt und für die erste Strekke mit Lappen umwickelt hatte. Am anderen Morgen bemerkten die Belagerer die Spuren des fremden Reiters. Sie befürchteten, daß ein fremder Ritter dem bedrängten Burgherrn zu Hilfe geeilt sei. Doch dann wurde die List des Burgherrn entdeckt und die Burg zerstört. (36)

BÜSINGEN

DIE HOBELGEISS

Der Hobelwald ist ein auf Büsinger Gemarkungen liegender Hügel, welcher der Stadt Schaffhausen gehört. Dort soll einst den Vorübergehenden in der Dämmerstunde ein gespenstisches Tier auf drei Beinen, mit funkelnden, tellergroßen Augen und bis auf den Boden reichenden Zotteln begegnet sein. Noch heute flößt man den Kindern mit diesem Schreckgespenst Furcht ein, wenn sie zur Dämmerstunde nicht nach Hause kommen wollen. (37)

SCHAFFHAUSEN

WIE DAS KLOSTER ALLERHEILIGEN GEGRÜNDET WURDE

Graf Eberhard von Nellenburg hatte viele Güter, sowohl im Schwabenland als auch im Elsaß. Er war aber im Zweifel, wo er sein Gotteshaus erbauen sollte. Vor allem hatte er großes Gut, das sich viele Meilen weit von der Nellenburg bis an den Rhein, bis nach Schaffhausen erstreckte. Nun ersuchte er alle guten Leute überall, daß sie Gott bäten, ihnen zu zeigen, wo ihm ein Gotteshaus angenehm wäre. Und da er dies getan, fuhr er hin gen Rom zu den heiligen Aposteln Petro und Paulo, auch diese bittend, daß Gott ihm die Stätte anzeigen möchte. Und die Apostel Petrus und Paulus erzeigten ihm die Gnade, als er auf der Heimfahrt war, indem sie es einem guten Mann erzeigten, wo das Gotteshaus dem Herren angenehm wäre, wie wir hier sagen wollen:

Wo nun das Kloster und die Stadt Schaffhausen liegen, war zu selbiger Zeit ein ungeheurer Wald und berüchtigt in allen Landen des Mordens wegen, das dort geschah. Der vielen Mordtaten wegen, die in diesem Wald geschahen, nannte man ihn den Schachwald. Er war sehr groß, und keine menschliche Wohnung war ringsum. Wo nun das Kloster steht, da saß ein armer Mann beim Rheine in einer Hütte, der führte die Leute hinüber und herüber über den Strom.

Das Häuschen, in dem er wohnte, hieß das Schafhus, denn er war auch Schafhirt.

Der Wald aber gehörte dem Grafen Eberhard, der, bevor er nach Rom fuhr, den frommen Mann gebeten hatte, er möge es Gott anheimstellen, den Ort anzuzeigen, wo er sein Kloster bauen solle. Als dieser nun eines Tages im Gebete lag und Gott diese Sache empfahl, sah er eine Rute aufsteigen an dem Orte, wo die Kapelle der heiligen Urstend sich erhebt, die auch St. Erhardskapelle heißt. Die Rute aber stieg immer höher und schien bis in den Himmel zu wachsen. Auf ihrer Spitze funkelte ein goldenes Kreuz. Dies erzählte der Mann dem Grafen Eberhard. Dieser befahl, an diesem Ort Holz und Dornen auszureuten, eine Kapelle zu erbauen und darin drei Altäre zu errichten. (38)

SCHAFFHAUSEN

DIE AUSREDE

In Schaffhausen stand einmal Hans Georg Metzger vor dem geistlichen Gericht. Ihm warf seine Frau vor, daß er nicht bete. Er warf ihr vor, sie sei eine Hexe und fliege nachts davon. Erst vergangene Nacht habe jemand vor dem Fenster gepfiffen, und als er hinausgesehen habe, sei ein Mann mit einem Kütschlein und zwei Pferden auf der Straße gestanden.

Wieder in sein Bett zurückgekehrt, sei seine Frau bereits mit einem Mann durch die Lüfte auf und davon gefahren, während bei ihm ein achtzehnjähriges Mädchen im Bette gelegen habe. (39)

SCHAFFHAUSEN

WUNDERBARE RETTUNG

Als noch auf dem Platze, wo jetzt Schaffhausen liegt, nur ein Kloster und eine Schiffslände waren, fischte einst dort im Rhein ein reicher und vornehmer Edelmann. Schläfrig geworden, lenkte er den Nachen in eine Bucht, legte sich im Schifflein nieder und schlief ein. Während er so im Schlafe lag, wurde der Kahn allmählich von den spielenden Wellen in die Strömung geführt, und nun trieb er schnell und immer schneller dem Rheinfall zu. Der Edelmann schlief noch immer und erwachte selbst dann nicht, als er in dem Nachen den donnernden Fall hinabgerissen wurde.

Als er die Augen aufschlug, fand er sich im Fahrzeug eine Stunde unterhalb des Rheinfalls am einsamen Ufer. Zum Danke für seine wunderbare Rettung stiftete er an diesem Orte ein Kloster, das er reich begabte, die Benediktinerabtei Rheinau. (40)

SCHAFFHAUSEN

DER ALCHIMIST

Anno 1426 kam ein Abenteurer aus fremden Landen nach Schaffhausen. Der anerbot sich, Silber und Gold aus Blei zu machen. Jedermann glaubte ihm. Er wurde in großen Ehren gehalten, und man nannte ihn den Unkenbrenner.

Nun lebte zu jenen Zeiten in Schaffhausen ein reicher Mann, der hieß Götz und war der Schultheiß der Stadt. Diesen verleitete der Abenteurer, mit ihm gemeinsame Sache zu machen und Gold und Silber zu brennen. Die Leute hatten keine Bedenken, war doch ihr Bürgermeister dabei. Im Gegenteil, alle wollten Diener und Helfer des Abenteurers werden. Die Stadt hatte sogar den Unkenbrenner fest lieb, und sie verlieh ihm große Freiheiten, da er versprach, sie reich zu machen.

Als der Unkenbrenner vernahm, daß die Bürger der Stadt Konstanz, besonders der Bischof, seinem Handwerk keinen Glauben schenken wollten, ritt er wie ein mächtiger Fürst, begleitet von vielen Rittern und Knechten, mit hundert Pferden nach Konstanz. Auch hier vollführte er seine Kunst dermaßen, daß er Anhänger gewann. Und diese alle liehen ihm viel Geld.

Da des Unkenbrenners Zeit in Konstanz um war, zog er wieder nach Schaffhausen. Hier stand er in so hohem Ansehen, daß ihm ein vornehmer Ritter aus dem Hegau, Heinrich von Randegg, seine Tochter zur Frau gab. Als der Unkenbrenner aber sein Abenteurerleben lange genug geführt und viel entliehenes Geld und Gut vertan hatte, wollte er fliehen. Der Adel im Hegau wurde jedoch seiner habhaft, nahm ihn gefangen und kerkerte ihn auf der Burg Hohenkrähen ein.

„Das tat“, erzählt die Chronik, „Cunrat von Fridingen und der Tettinger. Deswegen kamen sie in gar große Unfründtschaft mit der Stadt Schaffhusen und auch mit anderen, die ihn gern hatten.“ Der Unkenbrenner sann auf Mittel, wie er der Burghaft ledig werden könnte. Da verschärfte man die Bewachung. Trotzdem gelang es ihm zu entkommen und bis vor die Stadt Schaffhausen zu fliehen. Allein, der von Tettingen verfolgte den Flüchtigen mit einer Schar von Knechten, ergriff ihn vor dem Schwabentor und schlug ihn tot. „Jetzt erst erfuhr man, was es für ein Trug mit dem Unkenbrenner war. Alle Leute, die ihm Geld geliehen hatten, kamen in großen Kummer und Schaden“ (41)

SCHAFFHAUSEN

DIE SEELENVÖGEL

Als einmal im zehnten Jahrhundert der Bischof von Konstanz mit einem geistlichen Freunde an einem trüben Tag am Rheinfall geweilt, sind über der weißen Gischt unaufhörlich zwei graue Vögel auf und nieder geflogen, so daß sie mit ihren breiten Schwingen einmal schier mit in das strudelnde Gewirr gerissen worden, dann wieder fast im schweren Gewölk des tief lastenden Himmels verschwunden sind.

Darob sind der Bischof und sein Freund in höchste Bestürzung geraten, so sie glauben mußten, in den auf und ab gehetzten Vögeln zwei vereinigte Seelen in fluchbeladener Unrast vor sich zu sehen, die nur durch Gebet erlöst werden könnten. Solches taten denn die Herren auch unverzüglich und empfanden daraufhin die Freude, die unruhig flatternden Menschenseelen in einträchtiglichem Flug am nunmehr heller gewordenen Abendhimmel friedlich und erlöst entschwinden zu sehen. (42)

DIE ALRAUNE

Einst bot man einem Oberhallauer ein Bündel Flachs zum Kauf an, das billig war. Er kaufte es und trug es nach Hause. Als er das Bündel auftat, fand er ein kleines Kistchen darin und in dem Kistchen eine häßliche Kröte und einen Brief. Im Brief stand geschrieben, daß die Kröte eine Alraune sei, die man jeden Tag kämmen und mit Wein waschen müsse. Dieser Kröte könne man Münzen unter den Leib schieben, und anderen Tags hätten sich die Münzen verdoppelt. Doch könne man die Alraune nur dreimal verkaufen und dies sei jetzt das dritte und letzte Mal gewesen. Da erschrak der Oberhallauer und sagte zu seinen Leuten: „Mit dieser Krott will ich nichts zu tun haben. Ich will meine Seele und mein Seelenheil nicht verlieren." Er packte die Kröte wieder in das Kistchen, ging hinaus und warf es in einen tiefen Tümpel.

Doch als er nach Hause kam, stand das Kistchen mit der Alraune bereits wieder in der Stube. Was immer auch der Mann versuchte, immer kam die Alraune auf geheimnisvolle Weise zurück.

Da ging er endlich zu einem Kapuziner und bat ihn um Rat. Der fragte ihn, ob er der Kröte bereits Geld unterlegt habe.

Doch der Oberhallauer beschwor, daß er weder Kreuzer noch Heller unterlegt habe. Da sei ihm noch zu helfen, meinte der Kapuziner. Hätte er es getan, dann wäre er mit Leib und Seele verloren.

Dann gab ihm der Kapuziner folgenden Rat: Er solle nachts elf Uhr von Oberhallau aufbrechen und die Alraune mit dem Kistchen zur Wutach tragen. Schlag zwölf Uhr solle er dann von der Brücke das Kistchen in den Fluß werfen, und zwar rücklings und nach Hause eilen. Er dürfe sich aber um Gotteswillen nicht umdrehen. So machte es der Oberhallauer. Als er sich auf dem Heimweg befand, hörte er hinter sich im Wald ein Lärmen und Rasseln als seien hunderttausend Reiter hinter ihm her. Zu Tode erschrocken, rannte er davon, hütete sich aber einen Blick zurückzuwerfen, bis er in Oberhallau ankam. Als er dann in seiner Stube stand, rief er „Gottlob und Dank!", fiel um und war tot.

Die Alraune ist aber nie mehr in das Haus zurückgekommen. (43)

Vom Hegau bis zum Überlinger See

Burgruine Hohenhewen im Hegau,
Zeichnung von Maximilian von Ring, 1829

RADOLFZELL

DIE GESPRUNGENE GLOCKE

Die Radolfzeller erwarteten einst hohen geistlichen Besuch und stellten zwei Mann als Ausguck auf den Kirchturm. Sobald diese das Zeichen gegeben hätten, daß die Erwarteten in Sicht seien, sollte mit allen Glocken geläutet werden.

Als plötzlich einer der Leute schrie: „Sie kommen, sie kommen, ich seh' schon ein Chorhemd", begann man die Glocken anzuziehen. Mit großer Ausdauer hatte man schon eine ziemliche Zeit geläutet, ohne daß der Zug sich zeigte. Man sah nichts auf der Landstraße, als eine sich nähernde Viehherde; geduldig zogen die Türmer weiter am Glockenseil.

Plötzlich gab eine der Glocken einen ganz eigentümlich wimmernden, gebrochenen Klang, und als man nachsah, fand sich, daß sie einen Sprung hatte, mit solcher Macht hatte man geläutet.

Da man unterdessen zur Vermutung kam, der Türmer habe wohl einen Scheck in der erwähnten Viehherde für ein Chorhemd angesehen, stellte man das Läuten ein. Die schätterige Glocke aber nennt der Volksmund noch heute „die Kuhglocke". (44)

SINGEN

DER POPPELE VOM HOHENKRÄHEN

Johann Christoph Poppelius Mayer war Schirmvogt einer verwitweten Freifrau von Hohenkrähen; klein zwar und schmächtig von Gestalt, aber wild wie der Böse und leibhaftig lebendiges Weinfaß. Einst kam aus Schwaben ein Abt, der auf dem Schlosse übernachtete. Da wurde denn getafelt und gezecht, und der Humpen machte wacker die Runde, bis endlich Zank und Hader ausbrachen. Auf einen groben Spaß erwiderte der wohlbeleibte Abt seinem Gastfreund Poppelius, er möchte sich doch nicht mit seiner Stärke brüsten, er gleiche ja leibhaftig dem dürren Knöchler und könne durch ein Nadelöhr gezogen werden. Wütend über diese Beschimpfung fuhr Poppelius von der Rundtafel auf, rief seinen

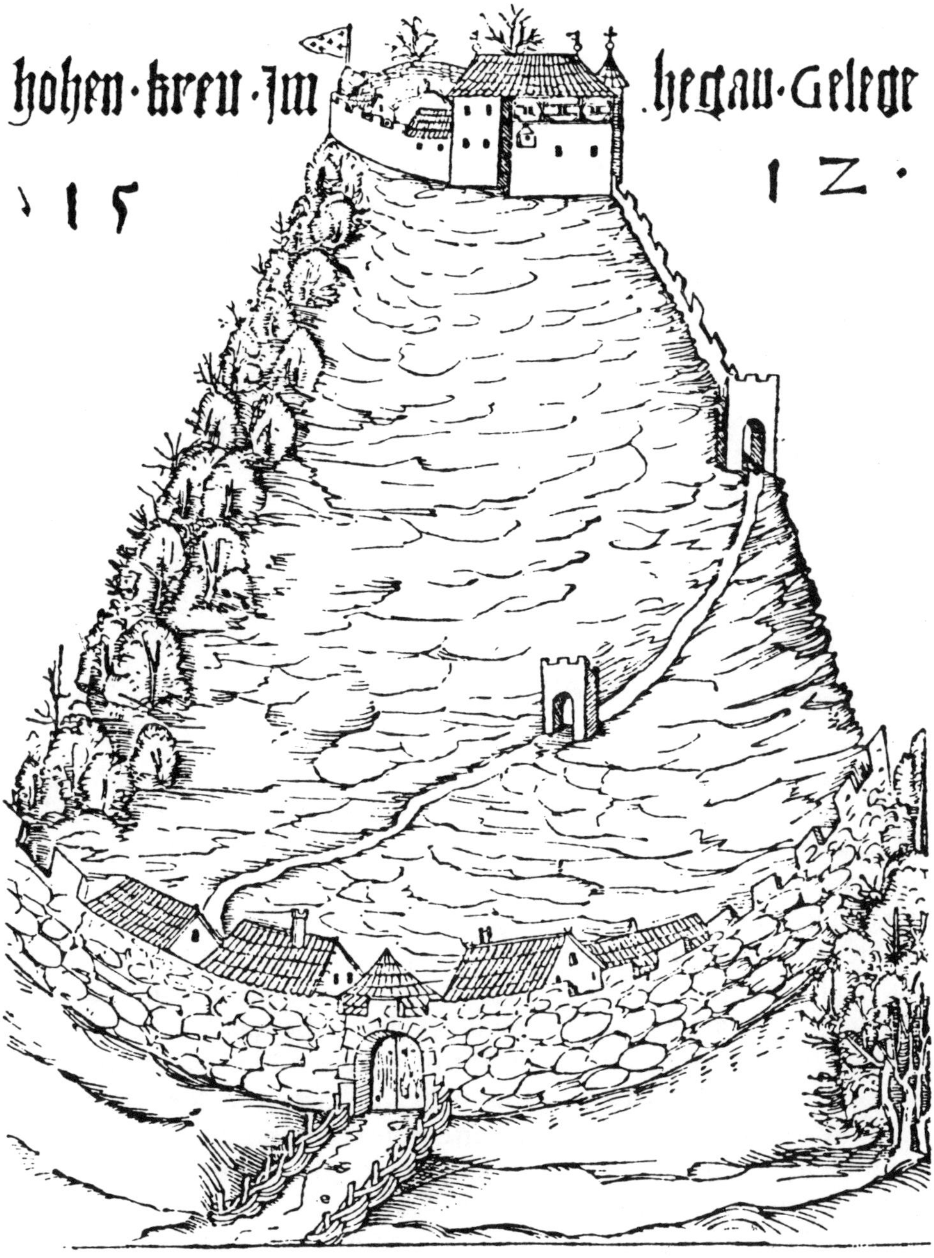

Burg Hohenkrähen im Hegau, Holzschnitt von 1512

Knechten und befahl ergrimmt, den Mönch in das unterste Loch der Feste zu werfen und ihn so lange bei schmalster Atzung gefangen zu halten, bis er auch so mager sei, um durch ein Nadelöhr gezogen werden zu können.

Poppele hielt Wort, der Abt wurde seiner Haft nicht eher entlassen, bis auch sein Körperumfang geschmolzen, und er dürr und mager wie sein Peiniger geworden war. Seiner Haft entlassen, eilte der Abt ingrimmig von dannen. Zu Hause angekommen, sann er racheschnaubend unablässig auf Wiedervergeltung. Endlich fand er in der Klosterbibliothek ein Zauberbuch und verfluchte mittels den darin enthaltenen Beschwörungsformeln den Ritter Poppelius, der bald darauf das Genick brach und seither die Gegend durch allen Spuk und Schabernack unsicher macht, freilich zu Kriegszeiten ist man im Hegau vor ihm sicher, da zieht er mit ins Feld. (45)

SINGEN

POPPELE NECKT EINEN MÜLLER

Zu einem Müller aus Radolfzell, welcher abends vom Möhringer Fruchtmarkt heimfuhr, kam unter der Burg Hohenkrähen ein schlechtgekleideter Wanderer und bat, ihn bis Singen mitzunehmen, was ihm auch bewilligt wurde. Kurz vor Singen mußte der Müller absteigen, wobei er mit Schrecken inne ward, daß der Geldgurt, den er um den Leib hatte, ganz leicht und leer geworden sei. Voll Verdacht blickte er auf den Wanderer, der neben ihm gesessen; aber der sagte ganz gleichgültig: „Ich habe das Geld nicht; geht einmal zurück, vielleicht findet Ihr es wieder." Da schaute der Müller sich um und sah beim Mondlicht vor sich auf dem Weg einen Taler liegen; unweit davon fand er einen zweiten und einige Schritte weiter einen dritten. Hierüber lachte der Wanderer laut auf, stieg vom Wagen und verließ den Müller. Nun merkte dieser, daß er es mit Poppele, dem Spukgeist von Hohenkrähen, zu tun habe; schnell stellte er sein Fuhrwerk in Singen ein und ging suchend auf der Landstraße eine Stunde weit zurück. Nach und nach fand er alle seine Taler, den letzten morgens um fünf Uhr an der Stelle, wo er den Poppele auf den Wagen genommen hatte. (46)

SINGEN

POPPELE UND DIE BEIDEN HANDWERKSBURSCHEN

In der Gegend von Hohenkrähen kamen zwei wandernde Handwerksburschen zu einer Kegelbahn, auf welcher der Spukgeist Poppele, der ihnen unbekannt war, allein Kegel schob.

Er lud sie ein, um Geld mitzuspielen, was sie auch, trotz ihrer wenigen Kreuzer, darum taten, weil er lauter Goldstücke einsetzte. Nicht lange, so hatten die Burschen ihre Barschaft verspielt. Um sie darüber zu trösten, schenkte er jedem einen Kegel. Der eine schnallte den seinigen sich auf's Felleisen, der andere aber warf den ihm gehörenden in's Gras weg, sobald sie dem Poppele aus dem Gesicht waren. Nach einer Weile wurde dem ersten das Felleisen so schwer, daß er durch seinen Gefährten nachsehen ließ, und siehe, der Kegel glänzte und war von gediegenem Golde. Unverweilt lief nun der andere Bursche auf den Platz zurück, wo er den Kegel hingeworfen, und sah ihn auch noch daliegen; aber als er ihn aufheben wollte, erhielt er von Poppele, der plötzlich dastand, eine tüchtige Ohrfeige, wobei derselbe sprach: „Den Kegel läßt Du liegen; Du hast ihn gehabt, warum hast Du ihn nicht behalten!" (47)

SINGEN

DAS WEINFÄSSLEIN

Eine hochschwangere Frau von Schlatt bedachte unterm Grafen, daß sie bei ihrer Armut und ihres Mannes Trunksucht im Wochenbett keine Labung haben werde und tat den Wunsch: der Geist Poppele möge ihr helfen. Da kam er, als Jäger, und fragte, was sie wolle. Nachdem sie ihm ihre Lage geschildert hatte, bat sie ihn um ein Fäßlein guten Weines. Er ließ sie gleich ein leeres vom Haus herholen und füllte es dann aus einem andern, indem er sagte: „Den Wein laß Dir schmecken, und Du brauchst nicht damit zu sparen; aber Deinem Mann darfst Du keinen Tropfen geben!" Die Frau machte es so und schenkte auch andern Armen von dem Weine, der im Fäßlein kein Ende nahm. Nachdem sie den Bitten ihres Mannes, ihm auch von dem Wein zu geben, lange widerstanden hatte, erlaubte sie ihm endlich, sich ein Krüglein voll zu holen; allein, als er den Hahn des Fäßleins aufdrehen wollte, stand Poppele plötzlich da und gab ihm eine derbe Ohrfeige, mit den Worten: „Der Wein ist nicht für Dich, Du Verschwender, sondern für Deine Frau, die aber jetzt auch keinen mehr hat." Das Fäßlein war nun leer und auf immer versiegt. (48)

SINGEN

POPPELE ALS DIENSTBARER GEIST

Den Leuten auf dem Bruderhof erweist sich der Poppele sehr nützlich; er tut alles, was ihm aufgetragen wird, holt Wasser und Holz in die Küche, wirft Stroh und Heu vom Boden, füttert das Vieh, putzt die Pferde, wendet den Dreschern die Garben um und dergleichen. Bei jedem Auftrag aber muß man stets bemerken: „it ze litzel und it ze viel" (nicht zu wenig und nicht zu viel), sonst wirft er z.B. alles Heu vom Boden oder schleppt alles vorrätige Holz in die Küche. Sagt man ihm dann, er solle es wieder forttragen, so tut er das auch.

Zum Lohn für diese Dienste muß man aber auch für den Poppele alle Tage mitdecken, ihm einen besonderen Teller hinstellen und sagen: „Poppele, iß auch mit!" Unterläßt man das, so wirft er das Gedeck und alle Speisen durcheinander, bindet das Vieh im Stalle los und dergleichen. Ebenso muß man ihn einladen, wenn man ausfährt: „Poppele, fahr auch mit!" Dann setzt er sich hinten auf das hervorstehende Wagenbrett (Schnätter) und fährt mit ins Feld. Wird er nicht eingeladen, so passiert gewiß dem Fuhrwerk etwas. Ferner muß man, so oft gebacken wird, dem ersten Bettler einen ganzen Brotlaib geben, sonst verschwindet das übrige Brot, und auch die Küche gerät in Unordnung.

Wenn jemand einen dummen Streich macht, so heißt es in der ganzen Umgegend sogleich: „Du bist ein Kerl wie der Poppele!" (49)

SINGEN

POPPELE ALS BOSHAFTER NECKGEIST

Poppele stellt sich oft am Wiesenbach an den schmalen Steg und wartet, bis jemand vorübergeht. Pff! versetzt er ihm einen Stoß, daß er ins kalte Wasser stürzt, und macht sich mit schallendem Gelächter davon.

Zur Sommerszeit mußte vor dem Ausfahren gerufen werden: „Wir wollen selbst anspannen“, sonst war Poppele gleich bei der Hand, Ochsen und Pferde verkehrt einzuspannen.

Wenn er guter Dinge war, unterhielt er sich oft damit, die Räder vorbeifahrender Kutschen und Wagen so lange zu sperren, bis er durch Fluchen verjagt wurde. Dies soll einmal der Äbtissin von Amtenhausen begegnet sein, als sie zur Herbstzeit das ihrem Kloster zugehörige Rebgut bei Öhningen besuchen wollte. Sie wurde überaus lange am Fuß des Berges von Poppele aufgehalten, weil sie aus Frömmigkeit ihrem Kutscher nicht erlauben wollte, zu fluchen. Am Ende mußte sie doch die Erlaubnis dazu geben, nur um wieder vom Fleck zu kommen. Und im Nu waren sie zu Öhningen, denn der Poppele trieb jetzt selbst die Pferde an.

Ein anderes Mal kam ein Glasmann des Wegs und war sehr müde. Poppele ward flugs zum Baumstumpf, und als der Glasmann seine Last auf den Stamm niedersetzen wollte, verschwand derselbe plötzlich, so daß das Glas auf die Erde fiel und zerbrach. Auf dieselbe Weise sind auch schon müde Eierträger angeführt worden. (50)

SINGEN

JUNKER MARTEN MUSS UMGEHEN

Auf dem Schloßbuckel bei Singen stand vor Zeiten das Schloß Remchingen, welches ganz unter Wasser gesetzt werden konnte. Darin hauste Junker Marten, ein böser Herr, der einmal seinem Knecht Spreu statt Dinkelsamen zum Aussäen gab. Da nun daraus keine Frucht entstand, ließ der Junker den Knecht einmauern, daß derselbe verhungert wäre, wenn nicht eine Schloßmagd sich seiner erbarmt hätte. Durch ein kleines Loch in der Mauer gab sie ihm täglich zu essen und zu trinken und erhielt ihn so sieben Jahre. Endlich ward es Marten inne, steckte an der Spitze seines Degens oder Spießes einen Weck in das Loch, und als der Knecht danach schnappte, tötete er ihn durch einen Stich in den Mund. Wegen dieser Greueltat und weil er oft geäußert, daß die Jagd ihm lieber als der Himmel sei und Gott ihn ewig möge jagen lassen, muß er seit seinem Tode als Jäger umgehen. Bald jagt er mit seinen Hunden, welche Halsbänder mit Rollschellen anhaben, in Feld und Wald, besonders im Junker- und Bannforste; bald fährt er in einer von Rappen gezogenen Kutsche; bald streicht er mit seinen Rüden durch die Lüfte, wobei sein Hetzruf und das Gebell und Geschell der Hunde weit und breit gehört werden. (51)

ESPASINGEN

DER ABT UND DER TEUFEL

Auf eine Zeit ist dem Abt Hans von Petershausen eine wunderbarliche und der Erinnerung wohlwürdige Handlung begegnet; denn als er in bemeldetem Kloster, das in großem Abgang, auch in merklichen Schulden war, zum Administrator geordnet war, hat er dasselbig also regiert, daß er die meisten Schulden bezahlt und viel bauen konnte. Im Anfang seiner Verwaltung aber hat er alle Kosten vermieden; so er etwas auf dem Lande zu schaffen, hat er das gewöhnlich selbst getan und ist allein geritten.

Einstmals ist er zur Herbstzeit zu Petershausen allein ganz früh aufgewesen, um in das Hegau seinen Geschäften nachzureiten. Als er nun bei Nacht durch die Wälder gekommen und bei dem Dorf Espasingen über ein Weierwur (Moor) reiten wollte, sieht er, als eben der Tag anbrach, wie ihm dünkte, einen Menschen neben sich gehen, konnte ihn aber doch wegen des Nebels nicht recht sehen. Der Abt war so sehr in seine Gedanken vertieft, wie er des Klosters Nutzen schaffen, die Schulden bezahlen, auch die zerfallenen und abgegangenen Gebäude wieder ausbessern wollte, daß er dessen, so neben ihm ging, nicht achtete.

Als sie nun beide schier bis zur Mitte des Moores kamen, da der

Weiher am tiefsten war, da ergriff der, der neben ihm ging, den Zaum des Rosses und führte es mit Gewalt bis zum äußersten Rand gegen den Weiher. Der Abt merkte immer noch nichts; aber als der Geist das Roß, welches stutzte, ins Wasser stürzen wollte, gab der Allmächtige dem Abt die Gnade, daß er den Trug wahrnahm. Weshalb er überlaut schrie: „Hilf, Herr Gott! Hilf heiliger Gebhard!" Und konnte er anfangs bloß das Roß so weit herumbringen, daß er mit ihm nicht tiefer ins Wasser geriet. Der böse Geist war verschwunden; aber Abt Hans ist desselbigs Tags wohl ermuntert gewesen, ihm war die Lust zum Phantasieren vergangen. (52)

ESPASINGEN

SELTSAMER SPUK

Zwischen Ludwigshafen und Bodman dehnt sich vom Seeufer bis gegen das Dorf Espasingen ein sumpfiger Landstrich aus, welcher den Gewannamen Hangen führt und von der Stockacher Aach, die hier in den See mündet, durchflossen wird. Über diesen Bach führt eine Brücke, die sogenannte Hutbrücke. Der Name Hangen soll daher rühren, weil ehedem bei der Brücke der Galgen gestanden. Deshalb ist es auch in diesem Gelände nicht geheuer; allerlei Spuk wird da getrieben. Eines Abends wollte einmal ein Knabe aus Ludwigshafen auf einem der Nußbäume, die hier am Ufer standen, Nüsse holen. Während er auf dem Baume saß, kam über das Feld her eine weiße Gestalt, in weißem Gewande und mit weißem Strohhut, ging dreimal um den Baum herum und dann wieder zurück über das Feld. Dem Knaben ward es unheimlich, er ließ die Nüsse im Stich, ging rasch vom Baum herunter und eilte heim.

Ein andermal wollte nachts bei Mondschein ein Jäger in einem Entenstand, den er hier am Strande errichtete, Enten schießen. Aber es kam ein Fuchs über das Feld daher, ging immer am Ufer hin und her und ließ so die Enten nicht näher kommen. Da schoß der Jäger auf den Fuchs, der alsdann plötzlich verschwunden war. Folgenden Tags erfuhr der Jäger, daß man im benachbarten Bodman einer alten Frau, welche allgemein als Hexe galt, Schrotkörner aus dem Leib hat schneiden müssen. (53)

BLUMENFELD

WEIBERTREU

Sengend und brennend waren am Ende des 15. Jahrhunderts die Eidgenossen durch den Hegau gezogen und bis vor Blumenfeld gelangt.

Die Einwohner wehrten sich nach Kräften, mußten aber schließlich sich doch zur Übergabe verstehen. Da den Schweizern hauptsächlich daran gelegen war, den Freiherrn von Tengen, der sich mit seiner Gemahlin im Schlosse daselbst befand, in die Hände zu bekommen, so wurde den Bürgern gestattet, frei abzuziehen. Auch der Burgherrin erlaubte man dieses; auch durfte sie an Kleinodien mitnehmen, was ihr das Beste dünkte.

Die Schweizer ließen die Ausziehenden durch ihre Reihen passieren, siehe, da erschien die Burgfrau, angetan mit ihrem besten Schmuck und auf dem Rücken trug sie ihren – Ehegemahl. Die Belagerer, nicht eben ungeschickt in solchen Sachen, zollten der edlen Schwabenfrau lautes Lob und ließen sie unbehelligt ziehen. (54)

STOCKACH

DER KLUGE HOFNARR UND DAS NARRENGERICHT

Erzherzog Leopold von Österreich hatte mit seinen Kriegsobersten einen feinen Plan ausgeheckt, wie er wolle den Schweizern ins Land fallen. „Nun hatt' er einen kurzwilligen Narren, hieß Kuoni von Stocken, der war stets um ihn und auch dabei, wie der Beschluß geschah; zu dem sprach der Erzherzog scherzend: „Kuni, wie g'felt Dir die Sach?" Der Narr gab zur Antwort: „Es g'fellt mir nit. Ihr hent alle geraten, wie ihr in das Land wöllent kommen, aber keiner hat geraten, wie ihr wieder daraus wöllent."

Der Erzherzog zog mit dem Heere nach Morgarten, wo er am 16. Nov. 1315 geschlagen wurde. Jetzt erinnerte er sich an des Narren kluge Rede und versprach ihm Belohnung. Da erbat sich Kuoni

„Ein narr gab seinem herren ain guten rat", Einblattdruck, ca. 1510

die Erlaubnis des Privilegiums zur Haltung des Narrengerichts in Stockach, seinem Geburtsort, die ihm gewährt und bestätigt wurde und heute noch nicht ganz in Abgang geraten ist. (55)

STOCKACH

DAS GOTTESURTEIL

Im zwölften Jahrhundert sperrte ein Graf Eberhard von Nellenburg die Gefälle des Klosters Allerheiligen, weil die dortigen Mönche ihren Abt Gerhard vertrieben hatten. Mit Kreuz und Fahne zogen jene nun vor des Grafen Schloß und sprachen über Eberhard und sein Land den Bann aus. Darüber aufgebracht, sammelte dieser seine Vasallen und eilte den Mönchen, die bereits wieder weggezogen waren, nach. Beim Hohentwiel holte er sie ein, züchtigte sie und setzte darauf den Abt in seine Würden wieder ein.

Da beim Überfall einige Mönche getötet worden waren, machte sich der fromme Graf heftige Vorwürfe und von Gewissensbissen geplagt, beschloß er, an einem Kampfzug gegen die Sarazenen teilzunehmen. Nach seiner Rückkunft verdächtigte man seine Gemahlin so schlimm bei ihm, daß man beschloß, durch ein Gottesurteil ihre Unschuld zu erproben. Sie bestand solche glänzend, und auf dem Platze, wo sie ihre Hand in einen Kessel heißen Wassers hatte halten müssen, entsprang eine Quelle, welche bis auf die neueste Zeit wunderbare Heilkraft gegen Kopfschmerzen hatte. Dieser Brunnen ist nun auch verschüttet wie Nelles Taufquelle. (56)

Gefälle = Abgaben, Zehnt

MAHLSPÜREN

DAS SCHLOSSWEIBLE

An der Landstraße, welche von Stockach durch das Owinger Tal nach Überlingen führt, liegt links, ehe man zum Dorfe Mahlspüren kommt, der Schloßbühl. Auf diesem wallartigen Erdwerke erhob sich in alten Zeiten ein mächtiges Schloß. In diesem Tale ward der durchfließende Bach zum See gestaut, und dadurch der Schloßbühl fest gemacht, weil er so nur von Norden her auf schmalem Bergrücken einen Durchgang bot.

Wer diese Burg bewohnte, weiß niemand mehr. Die Sage erzählt, daß böse und leichtsinnige Ritter in ihr hausten, und daß, als dieselben in einer hl. Christnacht bis gegen Morgen einem unsittlichen Tanzvergnügen frönten, ihr festlich beleuchtetes Schloß mit Mann und Maus spurlos in die Erde versank, während die Glocken der Umgebung die Gläubigen zur Christmette riefen. Seither sind Burg und Ritter verschwunden; nur ein altes Schloßweiblein mußte von Zeit zu Zeit um den Heuberg herum geistern. Leute, welche zur Adventszeit am Schloßbühl Geld suchten, hörten dies Weiblein oft rufen. Dasselbe erschien auch mal Hirten aus der Nachbarschaft, indem es ihnen „z'Nüne“ bringen wollte. Als es in dieser Absicht sein mitgebrachtes Weißbrot mit einem silbernen Messer schnitt, haschte ein Hirte nach diesem, um es dem Weiblein zu entreißen. Dieses erhob aber einen gellenden Schrei und verschwand spurlos. Seither scheint der Schloßgeist auf dem Heuberge erlöst zu sein, denn das Weiblein ward nie mehr gesehen, auch nicht gehört. (57)

Das versunkene Schloß, Holzschnitt von 1555

DER SCHWUR MIT DEM SCHÖPFER

Überlingen, aber auch Sernatingen, nahmen einst den Walddistrikt Stättelberg für sich in Anspruch. Darüber brach ein Rechtsstreit aus, eine Eidesleistung auf dem strittigen Grund und Boden sollte die Sache entscheiden. Alles kam auf die eidliche Aussage des Ziriak Kessinger an. Nun sagte das Sprichwort: „Wes Brot ich eß, des Lied ich sing", und so dachte der Waldhüter auch. Er nahm von einem Stück Grund und Boden, das zweifellos Überlinger Eigentum war, ein Häuflein Erde, schüttete es in seine Stiefel, daß die Sohlen ganz davon bedeckt waren.

Dann verbarg er einen Schöpflöffel, einen „Schöpfer", unter seinem Hut. Damit erschien er auf dem strittigen Waldstück und leistete mit erhobener Hand den Eid: „So wahr der Schöpfer über mir ist, stehe ich auf spitälischem Grund und Boden." Der falsche Schwur entschied den Rechtsstreit, und Sernatingen verlor den Wald.

Den Frevler aber traf die Strafe des Himmels. Denn bald darauf fiel der betrügerische Waldhüter auf dem Gang zur Kirche an der oberen Stiege plötzlich tot um; jetzt mußte er als Geist umgehen. „Der Schwur ist ein Meineid gewesen", sagten die Leute. Den „Stättelberger" haben sie ihn fortan genannt und für seine Seele alljährlich eine heilige Messe lesen lassen. Manchmal sah man den Unglückseligen im Wald; er trug einen grünen Rock und unter dem Arm eine Axt.

Wer des Nachts, zwischen dem Abend- und Morgengebet-Läuten, den Weg vom Gewann Männertal zum Schlößle ging, dem war er aufsäßig, besonders im Advent und zur Fastenzeit. Fluchte aber ein Wanderer, flugs saß ihm der Stättelberger auf dem Rücken und wich erst von ihm in der Nähe des Schlößles oder wenn das Betläuten begann. Auch im Schlößle selbst trieb der Stättelberger sein Unwesen und rumorte oft über die Maßen. Unterließ man einmal, vielleicht versehentlich, die Lesung der für ihn gestifteten Messe, so konnten die Bewohner des Schlößles vor lauter Spektakel die ganze Nacht kein Auge zutun. (58)

DER SCHATZ IN DER BURGHALDE

Östlich von Sipplingen liegt auf einem schroffen Felskegel die Ruine der Haldenburg, vom Volk die Burghalde genannt. Hier saßen im Mittelalter die Herren von Hüneberg, Ministeriale des Klosters Reichenau und später der Grafen von Heiligenberg. Ihr Name hat sich noch in Gewannbezeichnungen erhalten, im Himberg am nördlichen und im Unterhimberg am südlichen Bergabhang. Aus den Mauerresten ist zu schließen, daß die Anlage ziemlich ausgedehnt war, einen rechteckigen Wehrturm und einen wehrhaften Pallas hatte.

Von hier soll zu dem benachbarten Hohenfels ein unterirdischer Gang geführt haben. Durch Sprachrohre konnten sich die Insassen der beiden Burgen miteinander, aber auch mit denen der Burgen Kargegg und Bodman überm See drüben verständigen. In Zeiten der Not bat auf diese Weise einer den anderen um Hilfe. In den ausgedehnten unterirdischen Gewölben der Haldenburg, die durch eine eiserne Türe verschlossen sind, soll ein reicher Schatz vergraben sein. Niemand wagt, ihn zu heben, denn er wird von Basilisken bewacht, das sind greuliche Tiere, die den bösen Blick besitzen. Wer sie nur ansieht, der stirbt sofort. (59)

Der Basilisk,
Holzschnitt von 1563

DER DANKBARE SCHWEDE

Noch in der Mitte des vorigen Jahrhunderts stand in Sipplingen unten am See, etwas abseits der Straße, ein baufälliges Haus, das älteste Haus des Orts. Auf einem steinernen Sokkel ruhte der zweistöckige Fachwerkbau, er war mit Hohlziegeln gedeckt und die Dachlatten mit hölzernen Nägeln befestigt. Ein früherer Besitzer hatte am vorderen Hauseck von einem Maler einen Bildschmuck anbringen lassen: eine Hand, die einen Weinkrug und einen Becher hielt. Darunter stand die Mahnung des Herrn: „Seid barmherzig, so wird auch euch Barmherzigkeit erwiesen werden!"

Nur dieses Haus, so erzählte man sich, hat den 30jährigen Krieg unversehrt überstanden. Als damals die Schweden den ganzen Ort plünderten und niederbrannten und eben daran waren, auch hier Feuer anzulegen, trat ein schwedischer Soldat vor und bat den General um Schonung. Er erzählte, wie er als armer Handwerksbursch müd und hungrig nach Sipplingen gekommen war und an jedem Haus vergeblich angeklopft hat. „Nur hier", sagte er, „hat man mich aufgenommen, hat mir Speis und Trank gegeben und ein Lager für die Nacht."

Der General befahl darauf, daß man das Haus schonen sollte. So blieb es stehen bis zum Jahr 1855; da war es so baufällig geworden, daß es abgebrochen werden mußte. (60)

Überlingen und das Hinterland

Überlingen, Lithographie um 1850

ÜBERLINGEN

DAS GRAB DES HUNNENKÖNIGS

In dem Überlinger Walde Sigmundshau, in der Nähe des uralten Hofguts Höllwangen, steht ein kegelförmiger Berg mit einem Erdwall umgeben. Es ist dies ein sogenannter Ringwall oder eine Völkerburg und heißt jetzt noch beim Volke nur die Burg.

Wenn man auf dem Gipfel des Berges wandelt, tönt es unter den Füßen, als ob der ganze Berg hohl wäre. In diesem Berg ist das Grab des Hunnenkönigs. Der Leichnam ruht in einem Diamantsarge, welcher wieder von einem goldenen Sarg umgeben ist; der goldene Sarg aber befindet sich in einem silbernen Sarg, der silberne in einem kupfernen, dieser in einem zinnernen; dann folgt ein eiserner und zuletzt ein eichener. So ist in sieben Särgen die Königsleiche verwahrt. Niemand aber kann die rechte Stelle finden, obgleich schon da und dort nachgegraben wurde. Denn diejenigen, welche das Grab gemacht, mußten mit verbundenen Augen arbeiten, damit die Stätte nicht verraten wurde. (61)

ÜBERLINGEN

DIE ENTSTEHUNG DES SCHWERTLETANZES

Einst traf es sich, daß die Überlinger in den Krieg ziehen mußten. Sie waren stolz auf ihre Reichstreue und stellten dem Kaiser hundert Mann. Als nun der Morgen des Ausmarsches anbrach, gingen sämtliche hundert Soldaten in die St. Jodokskirche, um sich und ihre Waffen segnen zu lassen. Nur ein einziger blieb dem Gottesdienste fern. Vor dem Eintritt in die Kirche schliffen sie nach altem Brauch an den Steinsäulen der Kirchenpforte ihre Schwerter, wovon noch heute vor St. Jodok Spuren zu bemerken sind.

Der Krieg nahm ein glückliches Ende. Die Überlinger Soldaten taten sich rühmlichst hervor und kehrten alle wohlbehalten wieder zurück, mit Ausnahme des einen, der vor dem Ausmarsche die

Der Schwerttanz, Zeichnung, 17. Jh.

Kirche nicht besucht hatte. Er war im Kampfe gefallen. Der Kaiser aber, eingedenk ihrer im Felde bewiesenen Tapferkeit, verlieh herauf den Überlingern das Vorrecht des Schwerttanzes. (62)

ÜBERLINGEN

DER UNTERIRDISCHE SCHATZ

An der Krummebergstraße, oberhalb des Rosenobelturms, befindet sich ein zugemauerter Torbogen mit der Jahreszahl 1674. Es mag richtig sein, daß sich von hier aus ein unterirdischer Gang mitten unter der Stadt hinzieht.

Vor mehr als hundert Jahren war's, da gingen drei junge Überlinger – Nepomuk Hehl, Josef Kimmacher und der Student Spiegler – mit brennenden Wachskerzen durch diesen Torbogen, der damals noch offen war. Sie hatten die Absicht, den unterirdischen Schatz zu heben. Immer weiter schritten sie vorwärts und kamen nach langer Wanderung an ein großes Gewölbe, das mit einem schweren Eisengitter verschlossen war und viele eiserne Kisten enthielt. Ihrer Schätzung nach befanden sie sich unter dem Münster. Sie hielten ihre brennenden Kerzen durch das eiserne Gitterwerk und sahen einen steingemeißelten Ritter mit erhobenem Schwert – der Wächter des Schatzes! Erschrocken zuckten die drei zurück, ihre Lichter erloschen, Dunkelheit herrschte ringsum.

Die Burschen fürchteten sich sehr und schrieen um Hilfe, aber vergebens. Sie wollten umkehren, fanden aber den Rückweg nicht mehr. Mit den Händen an den Wänden tastend, tappten sie weiter und weiter, bis sie nach stundenlangem Umherirren in der Ferne einen Schimmer wahrnahmen. Sie gingen der Helle nach und erreichten den Ausgang aus ihrem unterirdischen Gefängnis. Er lag im Garten des ehemaligen Kapuzinerklosters am See. Ein Kapuziner erging sich gerade zu jener Stunde im Garten, da hörte er zu seinen Füßen einen Hilfeschrei, der, wie's ihm dünkte, aus der Erde kam. Eine Steinplatte war in der Nähe, und sie hob er auf. Da krochen auch schon die drei Burschen ans Tageslicht, totenbleich, voll Spinnweb, Staub und Moder. Sie erzählten dem erstaunten Mönch ihr Abenteuer.

Einer von ihnen, der Student Spiegler, starb nach wenigen Tagen infolge der erlittenen Schrecken, die beiden andern erholten sich bald wieder. Ihre Nachkommen erzählten noch lange von jenem Besuch in der Unterwelt von Überlingen. (63)

ÜBERLINGEN

DIE MÜDE MAGD

An einem Samstag im Heumonat soll es gewesen sein: Eine Magd wurde von ihrem Dienstherrn nach dem Mittagessen zu einer vor dem Obertor gelegenen Wiese geschickt, um mit dem Grasbogen Futter zu holen. Nachdem sie das Gras geschnitten und in den Bogen gepackt hatte, legte sie sich nieder; müde von der Arbeit und der Hitze des Tages wollte sie sich ein wenig ausruhen. Sie schlief jedoch bald fest ein und wachte erst am anderen Morgen wieder auf, als die Glocken vom Münster zum Sonntagsgottesdienst riefen. Da das Mädchen glaubte, nur eine kurze Weile geschlafen zu haben, meinte es, das tägliche Dreiuhr-Geläut zu hören und schritt in die Stadt hinab. Doch da kamen ihm die zum Hochamt gehenden Leute entgegen; sie lachten und spotteten das Mädchen aus wegen seines Werktagskleides und seines Grasbogens auf dem Rücken. Jetzt erst merkte die Magd, daß sie vom Samstag Mittag bis zum Sonntag Vormittag unausgesetzt geschlafen hatte und eilte beschämt nach Haus. Seit dieser Zeit trägt die Gegend, in der jene Magd einen so ausgiebigen Schlaf getan hat, den Namen „Faule Magd", und unter dieser Bezeichnung ist das Gewann noch heute in der Gemarkungskarte eingetragen. (64)

HÖDINGEN

DER OCHSENSPRUNG VOM KATHARINENFELSEN

Bei Süßenmühle, westlich von Überlingen, erhebt sich der Molassefels senkrecht und turmhoch fast unmittelbar aus dem See; er setzt sich in einer fruchtbaren Hochebene bis gegen Hödingen fort. Die höchste Wand wird der Katharinenfelsen genannt. An seinem Fuß war früher eine kleine Kapelle mit einer Klause eingehauen, die noch in der zweiten Hälfte des 17. Jahrhunderts ein Einsiedler bewohnte. Diese St. Katharinenkapelle fiel dem Straßenbau zum Opfer, nur eine Nische mit der Statuette der Heiligen und davor eine Betbank ist noch zu sehen.

Auf einem Acker jener Hochebene, unmittelbar über dem Katharinenfelsen, pflügte dereinst ein Bauer mit einem Paar Ochsen. Das Gespann wurde von seinem 15jährigen Töchterlein geführt. Der Tag war heiß, die Tiere unruhig, von der Hitze und den Mücken geplagt. Da fiel plötzlich ein Schwarm Bremsen die Ochsen an, sie scheuten, rannten mit dem Pflug davon und schleppten das Mädchen, das sich in den Strang verwickelte, mit sich. Der Bauer suchte das Gespann festzuhalten, es gelang ihm nicht, und er holte es auch nicht mehr ein. Schaudernd mußte er mitansehen, wie die rasenden Tiere mit seinem Kind über die Felswand in den See hinabstürzten.

Doch nach einer Weile gewahrte er, daß sie schwammen – samt dem Pflug und dem Mädchen, das sich an ihm festhielt. Die Stiere

Votivbild mit Darstellung des Ochsensprungs

ruderten weiter und immer weiter, über die ganze Seebreite, bis hin zum jenseitigen waldigen Ufer. In seiner Not hatte der Vater die heilige Katharina um Hilfe angefleht, sie hatte geholfen, und er fand Kind und Habe drüben fast unversehrt wieder.

Dort stand damals auch eine St. Katharinenkapelle, sie war auf der Höhe gelegen und gehörte zusammen mit einer Hofstatt, mit Wald-, Wiesen- und Rebgelände der Abtei Reichenau. Ein Ordenspriester versah den Gottesdienst, Laienbrüder besorgten die weltlichen Geschäfte. Kurze Zeit bestand hier auch eine Propstei der Reichenau, sie ist zerfallen und abgebrochen, wie auch die St. Katharinenkapelle nicht mehr besteht. (65)

OBERUHLDINGEN

DER TOD DES WILDERERS

In Oberuhldingen wohnte früher ein Wilderer, der von der ganzen Gemeinde gefürchtet war, noch mehr aber von den Forstleuten, denen er manchen Schabernack spielte. Daß er sich in einen Rehbock verwandelte, kam nicht selten vor. Schlimmer war es schon, als er einmal die Gestalt eines Stocks annahm: Ein Jäger setzte sich darauf, klopfte seine Tabakspfeife aus und traf dabei gerade das Ohr des Wilderers. Vom umstürzenden Stock weggeschleudert, blieb er mehrere Stunden bewußtlos liegen.

Ein ander Mal wieder schoß ein Forstgehilfe auf den Wilderer, aber das Gewehr des Gehilfen wurde in tausend Stücke zerrissen, und er selbst stürzte mit solcher Wucht zu Boden, daß er drei Tage besinnungslos war. Und gewiß, das war kein übler Scherz mehr, als er einem ihm begegnenden Jägerburschen die Ohren abschnitt und dann davonlief. Der Wilderer soll sogar, wie man sich erzählt, beim Killiweiher einen Jäger aus Haß erschossen haben.

Als es nun bei ihm zum Sterben kam, sagten die Leute unter sich: „Dem sein End' möchten wir nicht haben!“ Und sie hatten recht, denn seine Sterbekammer war von einem pestartigen Geruch erfüllt, und er röchelte so gräßlich, daß es mehreren Menschen übel wurde. Auch nach seinem Tod fand er keine Ruhe, denn er mußte wegen seiner Freveltaten als Geist umgehen. Auf dem Killiweiher sah man oft ein Licht sich bewegen. Leute, die an dem Weiher vorbeigingen, hörten ein Gerassel, als ob ein Wagen fahre. Im nahen Wald wurden Fuhrwerke und Menschen irregeführt, so daß sie oft keinen Ausgang mehr fanden. (66)

BAMBERGEN

DAS TOTENGÄSSLEIN

Von Bambergen führt gegen das Pfarrdorf Owingen ein ziemlich steiles Sträßchen, welches das Totengäßle heißt. Dieser Name stammt aus der Zeit, da die Pest herrschte. Damals wurden die Toten, welche herumlagen, hier haufenweis hinaufgefahren nach dem Friedhof in Owingen. Der Umherliegenden waren so viele, daß man ohne weitere Untersuchung und ohne Sarg alle zusammen auf den Wagen lud und fortschaffte.

Bei einem solchen Leichentransport fiel einmal einer der Aufgeladenen vom Wagen; der Fuhrmann, der es wohl bemerkte, aber nicht anhalten wollte, fuhr weiter mit den Worten: „Den lassen wir liegen und nehmen ihn morgen mit." Der Herabgestürzte war jedoch nur scheintot gewesen, kam wieder zu sich, und am andern Morgen war der Fuhrmann tot und ward nun von dem Totgeglaubten, der jetzt dessen Stelle einnahm, mit den übrigen Leichen das Gäßle hinaufgeführt. (67)

BAMBERGEN

DER SCHIMMELREITER

Die alte Straße von Überlingen über Lippersreute ins Salemertal führt in der Nähe von Bambergen, oberhalb des Hefhäusles in bedeutender Steigung durch den Wald gegen den Schönbucherhof und wird hier von einem Waldweg gekreuzt. Dieser Weg heißt der Minkweg; der Name soll vom ehemaligen Abtei-Salem'schen-Förster herrühren, welcher auf einem Schimmel-Wallachen (Mink) und von einem schwarzen Hund begleitet seine Forsten von Salem über Owingen bis nach Münchhof bei Stockach durchritt; er war ein Tyrann seiner Untergebenen, plagte die Waldarbeiter, namentlich die Bannwarte und Holzhauer, aufs schändlichste, fluchte gräulich und führte gottlose Reden. Deshalb mußte er nach seinem Tode umgehen.

Manchmal in der Nacht hörte man den Minkreiter im Walde fluchen und krakeelen; noch jetzt verwirrt er oft die Leute, die die Steige hinaufgehen, so daß sie den Weg nicht mehr finden und schließlich da aus dem Walde herauskommen, wo sie hineingegangen; oder er macht die Pferde scheu, daß sie den Wagen umwerfen. Mitunter hemmt er auch das Fuhrwerk derart, daß es nicht mehr weiter gebracht werden kann und umkehren muß. Gar mancher fürchtet sich, nachts allein durch den Wald zu gehen; Frauen holen häufig aus dem Hefhäusle einen Mann, der sie bis zum Ausgang des Waldes begleiten muß.

Einstens ging ein Knecht aus einem benachbarten Hof schimpfend und fluchend mit seinem Meister durch den Wald; beim Minkweg angekommen, rief er: „Mink, jetzt komm einmal!" Da stand plötzlich ein großer Mann neben ihm und gab ihm eine solch kräftige Ohrfeige, daß er zu Boden stürzte. Dann war der Mann wieder verschwunden. Alles dies ward auch vom Meister wahrgenommen. Der Knecht ging aber seitdem nie mehr, weder bei Tag noch bei Nacht, durch den Wald.

Vor mehreren Jahren marschierte ein beurlaubter Soldat bei Mondschein heimwärts durch den Wald und bemerkte auf einmal hinter sich einen großen, schwarzen Hund, der ihm folgte; der stehen blieb, wenn er stand, und der weiter ging, wenn er ging. Der Soldat hielt seinen Säbel bereit; aber der Hund tat ihm nichts zu leid, ja er murrte gar nicht, sondern folgte ihm bis auf die Höhe, wo der Minkweg die Landstraße schneidet. Hier verschwand der Hund plötzlich. (68)

SALEM

DER ERMORDETE POLTERGEIST

Zu den ehemaligen Wohltätern des Klosters Salem gehörten auch die Grafen von Montfort. An eine ihrer Schenkungen hatten sie die Bedingung geknüpft, daß jeder reisende Ritter und Edelmann, wenn es sein Wunsch war, unentgeltlich in der Abtei beherbergt werden mußte. Um sich solche Reisende möglichst vom Leib zu halten, verfiel man in Salem auf eine List: Ein als Teufel vermummter Mönch beunruhigte die Übernachtenden. Als einer der Grafen von Montfort auf einer Reise im Kloster eingekehrt war, vernahm er nachts ein ungewöhnliches Poltern über sich. Der Graf ließ sich nicht aus der Fassung bringen, haute vielmehr tapfer mit seinem Schwert oben an die Zimmerdecke und sogar durch sie hindurch, gerade an der Stelle, an der er den Poltergeist vermutete. Und richtig traf er auch den hier liegenden Mönch zu Tode.

Der Ruf der Unsicherheit des Klosters war aus der Welt geschafft. Später freilich wußte die Abtei sich auf anderem Wege von der lästigen Bedingung zu befreien. (69)

SALEM

GEWAHRTES RECHT

Lange Zeit war das Stift Salem mit Fürstenberg wegen der Grafschaft Heiligenberg in Streitigkeiten verwickelt. Die Grenzlinie der heiligenbergischen Gerechtigkeit ging mitten durch die Münsterkirche zu Salem. Und es soll einst ein Graf von Heiligenberg, um sein Recht zu wahren, mit dem ganzen Jagdgefolge durch die Kirche gezogen sein. (70)

SALEM

TOD IM WEINFASS

Zur Zeit, als der Abt von Salmannsweiler noch nicht gnädiger Herr hieß, sondern ehrwürdiger Vater, war der Pater Großkellner eine fast ebenso angesehene Person als der Prälat; denn einen guten Wein nach den Horas trank jeder Mönch gerne, vom Novizen bis zum Prior.

Da baute einmal ein Pater Großkellner ein Faß, so groß, daß man den Keller erweitern mußte, es unterzubringen, und füllte es mit den Zinsweinen und Gülten des besten Jahrganges, der seit langer Zeit erlebt wurde. Nur wenn es Duplex war, in hohen Festzeiten, füllte er daraus die steinernen Krüge der Mönche, aber die Schlüssel zum Keller trug er stets sorgfältig bei sich.

Da traf sich's einmal, als er fest schlief, daß ein trinklustiger Mönch den Schlüssel ihm vom Gürtel löste und abdrückte in gestohlenes Kirchenwachs. Danach machte er einen Haken und schlich nach der Mette oft in den großen Keller, während seine Mitbrüder das harte Lager suchten, und erlabte sich an Gott Bacchus Gaben.

Doch einmal fand er, vielleicht weil der Großkellner Argwohn hatte, den Hahnen durch einen Zapfen ersetzt, den er nicht drehen konnte. Er nahm eine Leiter, stieg zu dem Faß hinauf, und siehe! Auf dem ungeheueren Spundloche war die Türe nur angelehnt. Er öffnete sie und zog mit einem Heber so viel des köstlichen Saftes in sich, daß ihm schwindlig wurde, stürzte hinab und fand dort sein Grab.

Nach einigen Tagen verwundert sich der Pater Großkellner über das offene Spundloch; dachte aber kaum mehr an den Mönch, weil der ganze Convent ihn entsprungen wähnte. Doch als er mit der Stange sondierte, um zu sehen, wie viel noch Wein in dem Fasse, stößt er auf den weichen Körper des Mönchs. Da erfaßt der Geizteufel seine Seele, und damit nicht das schöne große Faß als verunreinigt ausgeschüttet werde, zog er den ersoffenen Trunkenbold aus demselben und begrub ihn heimlich. Erst auf dem Sterbebette gestand er seine Schuld, bevor er aber die Stelle bezeichnen konnte, wo er ihn vergraben, lähmte der Tod seine Zunge. Und ruhelos wandert er seitdem dort im Keller herum, bis ein Zufall des Mönches Grab entdeckt, und ihm ein ehrliches Begräbnis wird. (71)

LIPPERTSREUTE

DIE GEHEIMNISVOLLE HINRICHTUNG

Von der Straße, die Überlingen mit Lippertsreute verbindet, zweigt kurz vor Lippertsreute ein Weg ab, der über den nahen Weiler Baufnang in Richtung Salem führt. In dem Winkel, den Straße und Weg bilden, lag abseits das einsame Wohnhaus des Scharfrichters. Der Richtplatz mit dem Galgen befand sich nicht hier, sondern etwa eine Viertelstunde entfernt beim Bauerngut Berghof. Das Haus des Scharfrichters ist längst abgebrochen, seine Nachkommen haben ein Wirtshaus gebaut, das näher am Weg liegt und zur Erinnerung an das Gewerbe des Urahnen ein Schwert im Schild führt.

Der Scharfrichter, mit Namen Fidel Krieger, verwaltete streng und gewissenhaft sein schauriges Amt. Vor etwa 200 Jahren mag es gewesen sein, da wurde er des Nachts geweckt und aufgefordert, sein Schwert zu nehmen und mitzukommen. Er tat, wie ihm geheißen, man verband ihm die Augen, er wurde in eine Kutsche gesetzt, und sie fuhr mit ihm davon, er wußte nicht wohin.

Als nach geraumer Zeit die Kutsche hielt und man ihm die Binde abnahm, sah er sich in einem großen Gemach, in dem Geistliche versammelt waren. Sie gaben ihm den Befehl, mehrere Todesurteile zu vollstrecken. Die Augen wurden ihm wieder verbunden, eine Viertelstunde etwa führte man ihn durch einen Gang, an seinem Ende öffnete sich eine Steinplatte. Die Binde vor seinen Augen wurde abgenommen, er erkannte, daß er sich in einem unterirdischen Gewölbe befand. Vor ihm standen zwölf Mönche, es waren die zum Tod Verurteilten. Mit seinem Richtschwert vollzog Fidel Krieger das Urteil; das vergossene Blut reichte ihm bis an die Knöchel. Der letzte Streich fiel ihm am schwersten, denn der dem Tod Geweihte nahm, die Hände im Gebet faltend, sein Geschick mit solcher Sanftmut und Ergebung hin, daß den Scharfrichter ein tiefes Mitleid ankam.

Auf demselben Weg, auf dem der Fidel Krieger hergekommen war, wurde er auch wieder heimgebracht. Er hat nie erfahren, wer die Hingerichteten waren und was sie mit dem Tod gesühnt hatten. Er war aber der Meinung, daß die Verkündigung der Todesurteile im Kloster Salem stattgefunden und er die Hinrichtung in einem der unterirdischen Gänge vorgenommen habe, die von Salem in Richtung Heiligenberg oder Heidenlocher Weiher führen sollen. In Baufnang und Umgebung hat man fest an diese grausige Geschichte geglaubt, und einige wollten sogar wissen, daß der Fidel Krieger beim Hinaustreten ins Freie mit seinen blutigen Händen das Tor berührt und so später die Stätte wiedergefunden habe, an der er die Hinrichtung vollzogen hatte.

Nach einer anderen Darstellung waren die Verurteilten keine Mönche, sondern rebellische Bauern, die man Tags zuvor gefangen genommen, ins Kloster geschleppt und in einem unterirdischen Gang enthauptet hatte. Nur dem Hundertsten habe man das Leben geschenkt. (72)

BEURREN

DIE BETTELKÜCHE

Zwischen Owen und Beuren am Fuße der Alb ist ein Loch, das man die Bettelküche nennt, weil hier früher oft Bettler und Zigeuner unter einer großen Eiche, die man jetzt umgehauen, ihr Essen gekocht haben. In dem Loche aber sollen zehn Jungfrauen sitzen und neben ihnen ein Pudel, der einen Schatz hütet.

Einst hatte sich ein Bettler aus dem „siebten Buch Mosis" unterrichtet und wollte den Pudel vertreiben und den Schatz heben, hatte auch sogleich einen Begleiter mitgenommen, der das Geld tragen sollte. Wie dieser aber während der Beschwörung den ungeheuren Schatz erblickte, so rief er aus: „Gotts Blitz, dees kann i net trage!" Da war augenblicklich alles verschwunden. (73)

BEUREN

DIE ERLÖSUNG DES WALDGEISTS

Wer vor mehr als 100 Jahren nachts den Fußweg von Heiligenberg nach Beuren durch den Wald ging, dem begegnete öfter ein Mann, der wie ein Geist lautlos vorüberschlich. Auf dem Kopf trug er einen großen Hut, auf dem Rücken einen Zwerchsack und in der Hand einen knorrigen Stecken. Schaute man dem unheimlichen Gesellen nach, so verschwand er plötzlich, und an seiner Stelle sprang ein großer, weißgefleckter Hund heulend davon. Wer dieser Geist bei Lebzeiten gewesen war und was er als Mensch getrieben hat, das konnte nie recht ausgemacht werden. Wohl aber weiß man, daß er von seiner Ruhelosigkeit erlöst wurde, und das hat sich so zugetragen:

Damals lebte in jener Gegend ein frommer Mann, der den Mesnerdienst in der Klause Egg versah. Hierbei traf er öfters den Geist an. Als der Mesner ihm wieder einmal nachts begegnete, faßte er sich ein Herz, redete ihn an und fragte, was er zu seiner Erlösung tun könne. Der Geist antwortete, die Zeit seiner nächtlichen Wanderungen sei bald abgelaufen und nur noch ein kleines Opfer in der Kapelle zu seiner Erlösung nötig. Der Mesner versprach ihm diesen Dienst und tat auch darnach. In der dritten Nacht darauf trafen sich die beiden wieder; fast schneeweiß war jetzt die Gestalt des Geistes. Er sprach den Mesner an und bat ihn, ihm seine rechte Hand zu geben. Der Mesner aber streckte ihm nur seinen Stock hin, den der Geist ergriff. Als darnach der Mann seinen Stock besah, da war er schwarz gebrannt von der Geisterhand und die Abdrücke ihrer Finger deutlich erkennbar. Der Geist ist durch diese Tat erlöst worden. Der Mesner starb bald darauf gottergeben und fromm, wie er gelebt hatte.

Der Stock mit den schwarzen Fingerspuren ist im Jahr 1946 ein Opfer der Flammen geworden, als eine Feuersbrunst das Haus zerstörte, in dem er aufbewahrt war. (74)

FRICKINGEN

DER SCHATZ IM BURGSTALL

Unterhalb des Heiligenbergs liegt im Salemer Tal das große und alte Dorf Frickingen. Bergwärts wird es von einem spitzen Kegel überragt. Eine Burganlage muß sich auf diesem Bühl befunden haben; seine steilabfallenden Hänge mußten in früherer Zeit jeden anziehen, dem an einer Beherrschung des Salemer Tals gelegen war. Auf eine ehemalige Burganlage weist schon die Gemarkungsbezeichnung „Burgstall“ hin.

Der Bühl soll nach der Sage hohl und von allerlei Gängen und gewölbten Kellern durchzogen sein. Im Burgstall ruht ein Schatz. Der frühere Besitzer des Geländes wollte, wie man erzählt, nach dem Schatz graben, das soll ihm aber die Behörde wegen der Einsturzgefahr verboten haben. Manchmal sahen die Leute aus dem Burgstall plötzlich eine Feuersäule hervorschießen und ebenso rasch wieder verlöschen. Dann wieder will man gesehen haben, wie ein Licht von Frickingen her sich bis zum Burgstall bewegte und dann auf einmal verschwand. Vor nicht allzulanger Zeit haben Leute in der Tiefe des hohlen Bühls ein Gotteshaus gesehen. (75)

Die Schatzgräber, Holzschnitt, 16. Jh.

DAS GESCHOSSENE BILD

Zwischen Leustetten und Beuren liegt das Finkenhauser Hölzle. Die Straße zwischen den beiden Orten kreuzt sich mit der von Heiligenberg nach Weildorf. Nahe der Kreuzung steht ein Kruzifix von eindringlicher Schönheit.

Eines Abends fuhren zwei Bauern aus der dortigen Gegend durch das Hölzle nach Haus. Einer von beiden trug eine Flinte bei sich; er war ziemlich angeheitert und sagte zum andern, als sie beim Kruzifix vorüberfuhren: „Halt das Fuhrwerk an, du mußt doch sehen, was ich für ein geschickter Schütz bin!“ Er legte an, zielte, drückte ab und schoß das Christusbild mitten durch. Dem andern Bauern wurde es ganz bang, und erschrocken meinte er: „Wenn uns jetzt nur nichts passiert, das mit dem Kruzifix, das hätt'st nicht tun sollen!“ Der Schütz aber lachte nur.

Unversehrt kamen sie nach Hause. Noch in derselben Nacht aber wurde der Frevler von heftigen Leibschmerzen befallen und konnte am andern Tag das Bett nicht verlassen; dann traten starke Gliederschmerzen ein, die ihn nicht mehr verließen. Von seinen Leiden wurde er erst nach einigen Jahren durch den Tod erlöst.

Kurze Zeit nachher hörte man öfters im Finkenhauser Hölzle Schüsse fallen, manchmal vernahm man ein Jammern und Weinen, auch kam es vor, daß Leute, die bei Nacht durch das Hölzle gingen, plötzlich eine schwere Last auf ihrem Rücken spürten und sie erst am Ende des Waldes los wurden. Bisweilen wurden Fuhrwerke wie von unsichtbaren Händen festgehalten und konnten erst bei Tagesanbruch den Wald wieder verlassen. So mußte der vermessene Mensch nach seinem Tod zur Strafe für seine Untat als Geist sein Unwesen treiben. Das Christusbild nannte man seit dieser Zeit das „geschossene Bild“. Die Tafel mit der Inschrift, die von der gottlosen Tat berichtete, ist heute nicht mehr vorhanden. (76)

DIE HEILTÜMER IN DER SCHLOSSKAPELLE

Einst kam ein Edelmann aus Trier namens Emerius zur Kaiserin Helena. Diese bat ihn, ins deutsche Land zu ziehen und ihr eine Stätte auszuwählen, an die sie einen Teil der Heiligtümer aus Palästina senden könnte, damit sie dort verehrt würden. Emerius folgte willig ihrer Bitte, zog aus und besah sich manchen Ort. Zuletzt kam er in Schwaben an einen Ort, der ihm recht gefiel. Hier baute er eine Kapelle zu Ehren des hl. Kreuzes.

Dann zog er wieder zu Helena und sagte ihr, was er in Schwaben gefunden und geschaffen habe. Die Kaiserin bat ihn, zu suchen, ob jemand auf dem Berge Wohnung nehmen wolle. Emerius selbst erklärte sich bereit dazu und zog alsbald mit Weib und Kindern dahin. Die Kaiserin gab ihm mit: ein großes Stück vom hl. Kreuze, Teile von Krone, Säule, Geißel, Rute und Essigschwamm, Teile vom Haare Mariens, vom Mantel und Schleier, von Jesu Spottkleid und vom Steine, auf dem er am Ölberg betete, auch sonst noch manche Heiligtümer und viel Gold und Silber. Mit all den heiligen Sachen zog Emerius aus und baute sich auf seinem Berge in Schwaben eine schöne Wohnung und Feste.

Als er gebaut hatte, kam eine gewaltige Seuche über das Land. Hunderte fielen nieder und starben. Da wohnte auf einem Felde am tiefen See eine hl. Frau mit Namen Clareta. Ihr besagte ein Traumgesicht, daß die Krankheit ein Ende nähme, wenn die Menschen auf den neuen Berg pilgern wollten. So geschah es, und die Seuche nahm ein Ende. Der Berg aber hieß von da an Heiligberg und Emerius und seine Söhne führten den Namen „von Heiligenberg". Ihr Wohlstand wuchs und sie bekamen unter dem Volke viele Zinspflichtige und Untertanen.

In späterer Zeit kamen auch die Gebeine des hl. Papstes und Märtyrers Felix I. nach Heiligenberg, wo sie heute noch in der Schloßkapelle verehrt werden. (77)

HOHENBODMAN

DER BURGGEIST

Tief eingeschnitten ist der Dobel der Salemer Aach unterhalb von Hohenbodman. Auf der rechten Talseite schiebt sich der Bergsporn des Kätzlebergs mit steilen Flanken ins Tal vor. Es war eine stürmische und dunkle Nacht, und die Gemeinderatssitzung von Hohenbodman ging zu Ende. Der Burghofbauer machte sich auf den Heimweg. Da trat ihm ein Mann entgegen, das war kein gewöhnlicher Mann, er trug seinen Kopf unterm Arm statt auf den Schultern, und versperrte ihm mit drohender Gebärde den Weg. Dem Bauern wurde es angst und bang, in seiner Verzweiflung betete er inbrünstig und flehte alle Heiligen im Himmel um Hilfe an. Da gab ihm der Geist den Weg frei. Der heutige Alt-Burghofbauer kann sich noch gut erinnern, wie der Großvater am ganzen Leib zitternd nach Haus kam.

Als der Burggeist dem Naane, dem Großvater, wieder einmal den Weg vertrat, da half kein Zureden von seinen Freunden im Gemeinderat mehr – er legte sein Amt nieder. (78)

HOHENBODMAN

DER PAKT MIT DEM TEUFEL

Bei Hohenbodman liegt ein einsamer Hof, der Siemonshof. Dort diente einmal ein Knecht, der Michael. Er besorgte die Schweine; die Leute nannten ihn deshalb den Saumichel. Er arbeitete nicht viel, hatte aber doch den Sack immer voll Geld; und das kam gewiß nicht von seiner Sparsamkeit, denn er warf das Geld mit vollen Händen hinaus, vertrank, verspielte und verkegelte es. Die Leute wunderten sich darüber, woher er das viele Geld besaß.

Endlich kam man dahinter, daß er sich dem Teufel verschrieben hatte. Wer das will, macht einen kleinen Schnitt in den Finger, und mit der ins Blut getauchten Feder unterschreibt er den Vertrag mit dem Teufel. Als man heraus hatte, daß der Michel das getan, wurde er von dem meisten Leuten gemieden, er verlor allen Umgang. Jeden Samstag nachts um elf Uhr stand er auf und ging zur nächsten Straßenkreuzung; hier kam er mit dem Teufel zusammen und rang mit ihm. Dann wurde der Vertrag erneuert, und der Saumichel erhielt wieder Geld.

Oft redete die Meisterin auf ihn ein: „Michel! Mach dich los, denk an die Ewigkeit!" Er wolle es schon tun, antwortete der Michel, aber er werde nur frei, wenn er statt seiner einen anderen bringe, und das eben sei ihm bis jetzt nicht gelungen. Er hätte gern einen von den Knechten, die mit ihm in der gleichen Kammer schliefen, mitgenommen, aber er brachte keinen dazu. Nach Betläut' ging der Saumichel sonst selten aus, und wenn er um diese Zeit einmal noch im Wirtshaus saß und niemand traf, der mit ihm heimging, dann übernachtete er dort.

Später verließ der Saumichel den Siemonshof und suchte in der Markdorfer Gegend einen Dienst; genau wußte aber niemand, wohin er gegangen war. Auch über seinen Tod gab es nur Vermutungen, jedenfalls erzählten die Leute nicht gern davon. Nur soviel erfuhr man, es sei nicht recht dabei hergegangen, der Leichnam soll „beerschwarz" gewesen sein und niemand habe ihn in den Sarg tun wollen. (79)

HOHENBODMAN

DER SCHATZ AUF DEM KÄTZLEBERG

Zu Anfang dieses Jahrhunderts war es üblich, daß die Bauern von Hohenbodman und der Umgebung sich ihre Jungknechte für die Zeit vom Frühjahr bis zum Herbst aus Tirol besorgten. Bis dorthin mußten sie gar nicht fahren, denn die Tirolerbuben, wie man sie nannte, stellten sich in Bregenz vor. Sie trugen die Tracht ihrer Heimat, und zu ihr gehörte eine wollene weiße Zipfelmütze, von der sie sich nur ungern trennten – wie ja auch die Flüchtlingsfrauen, die vor Jahren zu uns aus dem Osten gekommen sind, zumeist immer noch ihr schwarzes Kopftuch tragen.

Eines Tages arbeitete ein Bauer von Hohenbodman, der sich einen Tirolerbuben gedingt hatte, auf dem Feld. Es war drückend

Die versunkene Burg am Kätzleberg, Holzschnitt von 1548

heiß, und der Schweiß lief dem jungen Burschen nur so unter seiner Zipfelmütze die Backen herunter. „Du doch dei Kapp rab!", sagte der Bauer; der Bub überlegte eine Weile und legte sie dann an den Wegrand. Ums Rumgucken kam eine Krähe dahergeflogen, nahm die Mütze auf und flog davon, dem Kätzleberg zu. Flugs rannten der Bauer und sein Tirolerbub ihr nach. Als sie atemlos den ehemaligen Burgplatz erreichten, saß da eine alte Frau hinter einer Zaine, die war vollgefüllt mit Golddukaten. Daneben lag die weiße Mütze des Buben. Zuerst waren die beiden erschrocken, der Bauer faßte sich aber schnell und sagte zu dem Burschen: „Nimm d'Zipfelkapp un du do nii, wa nii goht!" Doch bei diesen Worten waren auch schon die Frau und die Zaine mit den Golddukaten verschwunden, nur die Zipfelmütze lag noch da. (80)

Zaine: Korb

TAISERSDORF

DIE TEUFELSKÜCHE

Zwischen dem Gailhöfler und dem Taisersdorfer Dobel, am Ausgang der Auwiese, liegt gegen den Wald hin die sogenannte Teufelsküche.

Eine arme Frau aus der Ortschaft Taisersdorf hütete allabendlich auf einer der Dobelwiesen ihre Ziegen, obwohl der Wiesenbesitzer ihr das streng verboten hatte. Deshalb nahm sich der Bauer vor, die Tiere einfach abzuschießen. Als nun eines Abends die Frau wieder ihre Geißen auf seinen Wiesen weidete, lauerte er in einem Gebüsch auf die günstige Gelegenheit, mit einem Schuß gleich zwei Tiere wegzuknallen. Er drückte ab, und sofort stürzte eine der Geißen zu Boden, aber zugleich fiel auch die Frau selbst rücklings tot ins Gras. Das hatte der Bauer gewiß nicht gewollt. Angst und Gewissensbisse überfielen ihn, und so sprang er in den gerade hochgehenden Bach und ertränkte sich.

Kurze Zeit darnach sahen Hirtenbuben jeden Abend nach dem Betläuten einen schwarzen Jäger mit einer feurigen Geiß die Aach entlang gehen und dann in der Tiefe des Waldes verschwinden. Eines Abends wollte ein Mann aus der dortigen Gegend Wacholderreis zum Fleischräuchern an den Berghängen bei Taisersdorf holen und schlug dabei den Weg über die Auwiesen ein. Da hörte er aus der Richtung jener Unglücksstelle ein Geräusch, das sich anhörte, wie wenn man in einer Küche siedet oder brät. Zugleich sah er den schwarzen Jäger mit der feurigen Geiß am Ufer, aber als er näher kam, verschwanden beide in der Tiefe. Der Mann rannte eilends heim und wußte jetzt, daß die Hirtenbuben recht gesehen hatten. Die Leute aber erblickten in dem Jäger jenen Bauer, der ob seiner

Missetat an der Frau umgehen und jede Nacht ein Opfer bringen mußte.

Noch vor hundert Jahren befand sich an einer alten Eiche bei der Unglücksstelle eine morsche Tafel mit dem Bild eines Bauern, der eine Flinte auf dem Rücken trug und eine Geiß an der Seite führte. Den Ort aber, wo sich solches zugetragen hatte, nannte man die Teufelsküche. (81)

SCHÖNACH

DER SCHATZ AUF DER BURG RAMSBERG

In einer lieblichen Mulde liegt zwischen zwei langgestreckten Höhenzügen das Pfarrdorf Großschönach; nicht weit davon erhebt sich ein steiler Bergkegel, der Ramsberg. Auf seinem Gipfel trägt er die Ruinen der ehemaligen Stammburg der Grafen von Ramsberg, die in den Urkunden des Mittelalters vielfach genannt werden. Im Schwedenkrieg wurde die Burg zerstört. Erhalten blieb die dem heiligen Wendelin geweihte Kapelle, zu der alljährlich am Dienstag nach Kirchweih Bauern aus der ganzen Umgebung pilgern, um sich beim feierlichen Patroziniumsgottesdienst den Segen für Haus und Hof zu erflehen. Die mächtigen Mauern des Kirchleins, neben dem sich ein Wohngebäude befindet, und die Schießscharten im Mauerwerk deuten auf den einstigen Wehrzweck der Anlage.

Im Mesnerhaus soll es nicht geheuer sein; da geht ein Geist um, der nachts die Schläfer an den Haaren reißt und anderen Schabernack treibt. Da ist auch eine uralte Tür im Haus; man kann sie nicht öffnen, schlägt man sie ein, so schließt sie sich sofort wieder. Unter dem freien Platz, auf dem ehemals die Burg gestanden hat, ist ein Schatz vergraben. Als vor Jahren der Sohn des Mesners nachts um ein Uhr nach Haus kam, sah er plötzlich vor sich eine schwarze Katze. Er ging ihr nach und gewahrte, wie auf dem freien Platz ein Feuer hervorsprühte – kein Zweifel: Hier sonnte sich ein Schatz! Eilends trat er ins Haus, weckte seinen Vater und seine beiden Brüder, um mit ihnen den Schatz zu heben. Da sprang ihnen auf dem schmalen Felsenweg ein schneeweißes Schäflein entgegen. Sie glaubten, es sei der Geist und liefen schnurstracks ins Haus zurück. Bald darauf war keine Katze, kein Lämmchen mehr zu sehen. Nur der Schatz verbreitete seinen feurigen Schein, der erst gegen Morgen verblaßte. Als sie bei Tagesanbruch aus dem Haus traten, lag der Platz da wie jeden Tag, nicht die geringste Spur hatte der feurige Schatz hinterlassen. Hätten die Mesnerleute sich nicht gefürchtet und gleich bei Nacht dem Schatz nachgegraben, so hätten sie ihn gehoben und zugleich den Geist erlöst.

Vom Ramsberg soll ein unterirdischer Gang nach dem ehemaligen Nonnenkloster Hermannsberg, das zur Gemeinde Hattenweiler gehört, führen. (82)

PFULLENDORF

DER RETTENDE BROTLAIB

Um die Jahre nach Christi Geburt 1360 mußte die Stadt Pfullendorf viel Anstoß von ihren Nachbarn erleiden. Die Stadt war unter dem Kaiser Friedrich Barbarossa von Graf Rudolf von Pfullendorf, dem die Stadt dazumal als Eigentum zugehörte, an den Kaiser erblich gefallen, als der Graf ohne Leibeserben gestorben war. Ist auch von seinen Nachkommen, Kaisern und Königen, auch Herzögen zu Schwaben, viel Jahr innegehabt und besessen worden. Nachdem aber der letzte Herzog von Schwaben, mit Namen Konradin, von Herzog Karl von Anjou erbärmlich in angehender Jugend umgebracht worden, ist das Herzogtum Schwaben in viele Teile zerstreut und von einander kommen. Und haben sich nicht die wenigsten Städt in Schwaben, die dem Herzog von Schwaben erblich zugehört hatten, zu dem Reich (als Reichsstädte) getan, mit andern Reichsstädten sich verbunden, auch endlich dabei geblieben bis heute, unter welchen Städten auch Pfullendorf gewesen. Dasselbe hat hernach wie auch andere Städte viel Feindschaft und Aufsässigkeit von dem benachbarten Adel gehabt.

Nun begab es sich um jenes Jahr, daß ein Anschlag gegen die Stadt Pfullendorf gemacht ward, daß sie nächtlicher Weile die Stadt zu bestimmter Stunde mit drei Haufen zu Roß und zu Fuß heimlich umzingeln und ihnen früh morgens mit dem kleineren Haufen ihre

Viehherden überfallen und wegtreiben wollen, der Hoffnung, daß die meisten Bürger bei einem solchen Anblick ungestüm und ohne alle Ordnung aus der Stadt eilen würden, um ihr Vieh zu retten. Damit könnte man sie von der Stadt weglocken, dann umzingeln und nach allem Vorteil angreifen. Derweil könnten die zwei übrigen Haufen die unbewehrte Stadt leichtlich einnehmen, plündern oder aber gar behalten.

Diesen Anschlag hat Herr Werner von Zimmern gewußt, vielleicht ist er dabei gewesen, als der Plan gemacht worden. Haben ihn die von Pfullendorf, so seine besonders guten Nachbarn, höchlich gedauert, und ob er sie wohl hätt warnen können, hat ihm solches zu verraten ungebührlich gedünkt. Darob war er traurig. Wie nun die Weiber gewöhnlich am fürwitzigsten, begab es sich, daß seine Gemahlin, Frau Brigitta von Gundelfingen, ihn mehrmals nach der Ursach seiner Bekümmernis gefragt. Als er nun ihr nichts hat sagen wollen, sondern ihr befohlen, ihn allein zu lassen, hat sie getan, als ob sie zu andern Geschäften sich schicke, ist aber gleich wieder ohne sein Vermerken zu dem Gemach gegangen. Hat Herr Werner vermeint allein zu sein und mit sich selbst über obgehörte Anschläg gesprochen, dabei auch den bestimmten Tag, da die Anschläg sollen stattfinden, genannt.

Alsobald Frau Brigitta diese Rede gehört, ist sie davon geschlichen, hat aber nicht so getan, als ob sie was wisse. Schrieb gleich den andern Tag dem Bürgermeister zu Pfullendorf, der ein Gremli gewesen, und eröffnet ihm den Anschlag. Diesen Brief hat sie heimlich durch einen vertrauten Brotbecken in ein Weißbrot backen lassen und dann einem Boten gegeben, mit dem Befehl, solches ohne Verzug gen Pfullendorf zu tragen, daselbst dem Bürgermeister Gremli selbst in die Hand abzugeben, auch dabei zu sagen, er solle sich solch Brot wohl empfohlen sein lassen.

Der Bürgermeister hat sich nicht wenig verwundert, ist aber doch in sein Gemach gegangen und hat das Brot aufgebrochen, darin er den Warnbrief der Frau gefunden. Wiewohl er nun nicht wenig erschrocken, hat er doch, ohne jemand von der drohenden Gefahr wissen zu lassen, bis der bestimmt Tag kommen, die Stadt in großer Hut und Verwahrung gehalten. Als die bestimmt Zeit erschienen, sind die Herden wie gewöhnlich vor die Stadt hinausgetrieben worden. Als aber ein Haufen der Feinde im Feld sich sehen lassen, welche die Herden mit Gewalt davontreiben wollen, hat der

Mehrteil der Bürger den Feinden nacheilen wollen. Solches aber wollt ihnen der Bürgermeister nicht billigen, viel weniger die wohlbewachten, geschlossenen Tore öffnen lassen, sondern er berichtet die Bürger der gegenwärtigen Gefahr, auch was der Feind Anschläge wären. Also ward die Gemeinde von ihrem Vorhaben abgehalten. Als nun die Feinde gesehen, daß ihr Anschlag verraten, sind sie aus dem Hinterhalt um die Stadt wieder abgezogen, was die von Pfullendorf von ihren Türmen und Mauern wohl hatten sehen mögen.

Jetzt haben sich die von Pfullendorf mit anderen Städten und Nachbarn verbunden, auch mit solcher Vorsicht gehandelt, daß sie fürder solchen Überfalls und Untreue überhoben, bei dem Reich bleiben können. (83)

HOMBERG

DER UNHEIMLICHE REITER

Wer vor mehr als hundert Jahren bei Nacht den Weg von Oberweiler über Azenweiler nach Homberg ging, wurde häufig von einem Reiter auf einem Schimmel oder auch einem Rappen verfolgt und geängstigt, so daß er ganz außer Atem und schweißtriefend davonrannte. An einer bestimmten Stelle der Strafe war jedesmal der unheimliche Reitersmann verschwunden.

Zu seinen Lebzeiten war er ein Köhler, der den Schmieden der Umgegend Kohlen lieferte. Er hatte im Wald, das Kohlholz genannt, eine Hütte und eine Stallung für sein Pferd. Der Köhler war unehrlich. Wenn er auch manchmal da und dort von den Bauern sein Holz kaufte, das meiste verschaffte er sich auf Diebsweise. Zur Strafe mußte er nach seinem Tod als ruheloses Gespenst umherreiten.

Der unheimliche Reiter führte bisweilen auch Leute in die Irre. Das sollte einmal ein Schuster mit seinem Gesellen erfahren, der von Limpach im Winter in aller Frühe aufbrach. Die beiden kamen vollständig von der Straße ab. Der Meister aber, der ortskundig war, wußte genau, wo das Haus stand, in das sie auf die Arbeit, auf die Stör, wie man damals sagte, gehen wollten. Es war hart an den Felsen gebaut. Der Meister schlug die ungefähre Richtung ein. Da aber alles mit Schnee bedeckt war, konnte er sich nicht genau zurechtfinden, trat aus Versehen auf die Kaminplatte und fiel samt Kiste, Stuhl und Leisten und dem Gesellen obendrein durch den Kamin hinunter. Die Bäuerin, die gerade am Feuer stand und kochte, bekam einen Mordsschrecken und rannte schleunigst davon. Der Schuster aber, der unversehrt geblieben war, rief ihr zu: „Nur keine Angst, gute Frau, es sind nur die Schuster!“ (84)

LIMPACH

EIN TIERQUÄLER MUSS UMGEHEN

Zwischen Roggenbeuren und Wendlingen führt die Straße durch den Wald Hepsack. Wer noch Mitte des vorigen Jahrhunderts nach der Betzeit diesen Weg ging mußte erfahren, daß es in jenem Wald nicht geheuer war: Fußgänger wurden irre geführt oder glaubten, eine Zentnerlast auf ihren Schultern zu tragen, Fuhrleute wurden angehalten und konnten selbst mit leeren Wagen nicht weiter kommen, oft wurde auch ihr Gefährt umgeworfen. So fuhren im Jahr 1834 einmal 14 Fuhrwerke, die von einer Hochzeit aus Limpach kamen, bei der Nacht durch diesen unheimlichen Wald und stürzten sämtlich die Straßenböschung hinab. Zu Zeiten hörte man nachts im Wald Peitschenknallen und Wagenrasseln, auch vernahm man Rufe wie „Hott, hu, oha, helfet doch!“ Manchmal glaubten die Leute, es sei ein Fuhrmann mit seinem Gespann steckengeblieben; ging man dem Geräusch nach, so fand man nichts und mußte achtgeben, um nicht selbst irre zu gehen.

Wie alte Leute erzählen, lebte hier dereinst ein Fuhrmann, der seine Pferde grausam quälte und unbarmherzig auf sie losschlug, wenn sie die schwersten Lasten ziehen mußten, so daß das mißhandelte Tier oft umfiel und die Böschung hinabstürzte. Für diese Tierquälerei mußte er nach seinem Tod auf jenem Wege nächtlicherweile umgehen. (85)

Von Meersburg bis Lindau

Der Bodensee zwischen Buchhorn (Friedrichshafen) und Meersburg, Ausschnitt aus der Karte des Schwabenkrieges, 1499

MEERSBURG

DIE HÄSSLICHE WENDELGARD

Nicht weit von Meersburg liegt das alte Meiergut Haltnau, das dem Spital Konstanz gehört.

Die letzte Besitzerin, Wendelgard von Halten, war eine mißgestaltete Person mit einem Höcker und einem schweinskopfähnlichen Haupte; sie war mild und gut; dem ungeachtet wurde sie gemieden. Da sie zu Jahren kam und noch häßlicher geworden war, ekelten sich sogar ihre Dienstleute vor ihr. Sie beschloß, sich in einem Spital zu verpfründen, wo sie einsam leben könnte, und wandte sich an das Heiliggeistspital zu Meersburg; dieses schlug ihre Bitte ab. Nun frug sie in Konstanz. Man war ihr willfährig, und als der Verpfründungsvertrag abgeschlossen war, verließ sie Haltnau und zog nach Konstanz, wo ihr eine besondere Magd zu Dienst gegeben wurde.

Nachdem diese gestorben war, trug sie der Verwaltung vor, sie wolle ihr ganzes Gut dem Stift vermachen, wenn man nebst einigen Dienern ihr noch eine Chaise zur Ausfahrt zur Verfügung stellen würde. Auch dies ward eingegangen, und sie lebte ganz nach Wunsch. Täglich fuhr sie von ihrer Dienerschaft begleitet aus, die, reich beschenkt, sich bald an sie gewöhnte. Wie der Tod kam, vermachte sie dem Spital auch noch ihr sonstiges Vermögen. (86)

MEERSBURG

TIERE REDEN IN DER CHRISTNACHT

Nach altem Volksglauben sprechen in der Christnacht die Tiere im Stall. Es ist schon viele Jahre her, da plagte den Müller auf der Harlacher Mühle bei Meersburg der Wunderfitz, er wollte wissen, was sich seine Rinder zu sagen hatten und legte sich abends unter die Krippe seines Viehstalls. Um Mitternacht hörte er, wie ein Stier zum andern sprach: „Du, Horn! Was tun wir mor'n?" „Den Müller auf den Kirchhof führen", war die Antwort. Als die draußen Stehenden dies hörten, liefen sie erschrocken davon. Andern Morgens aber fand man den Müller tot unter der Krippe. (87)

Die redenden Ochsen in der Christnacht, Holzschnitt von 1516

MEERSBURG

DAS VERMAUERTE ZWINGTOR

Von den Toren, die Meersburg ehedem besaß, hieß eines das Zwingtor. Es stand oberhalb der Pfarrkirche und durfte von niemand, außer dem Bischof, durchschritten werden.

Als einmal ein fremder Ritter nach Meersburg kam und durch das Zwingtor in die Stadt einreiten wollte, vertrat ihm ein Bürger den Weg, indem er dem Rittersmann zu verstehen gab, daß hier nur der Bischof hindurchgehen dürfe. Darob entspann sich zwischen den beiden ein heftiger Kampf, wobei der Bürger von dem Ritter erschlagen wurde. Diese Freveltat rief bei den Meersburger Bürgern einen lärmenden Tumult hervor; sie griffen zu den Waffen und eilten dem Fremden nach. Der aber flüchtete ins Schloß und stellte sich dort unter den Schutz des Bischofs, der sogleich die Tore hinter ihm verrammeln ließ.

Voller Empörung verlangten da die Bürger, den Flüchtling auszuliefern, doch der Bischof, der das geheiligte Gastrecht nicht verletzen wollte, schlug diese Forderung ab. Da bestürmten sie die Burg und nahmen sie ein, fanden aber weder den Bischof noch den Rittersmann. Die beiden waren nämlich durch einen geheimen Gang an den See geflüchtet und hatten sich eilends nach Arbon hinüberschiffen lassen, von wo aus der Bischof die Stadt Meersburg in Acht und Bann erklärte. Nach diesem Vorfall wurde das Zwingtor zugemauert und die Stadt vieler Sonderrechte beraubt. (88)

HAGNAU

DIE FEINDLICHEN BRÜDER

Nahe bei Hagnau auf einer kleinen Anhöhe liegt das Schlößchen Kirchberg. Es war ursprünglich Sitz eines Rittergeschlechts und kam dann später an die Abtei Salem. Die Äbte verbrachten dort oft die Sommermonate, und der baufreudige Abt Anselm II. ließ es in der zweiten Hälfte des 18. Jahrhunderts umbauen. Der letzte Abt von Salem, Kaspar Oechsle, bekam Kirchberg als Wohnsitz zugewiesen, als das Hoheitsgebiet der Abtei 1803 an das Großherzogtum Baden gefallen war. Er lebte hier in der Stille, tat viel Gutes für die ganze Umgebung bis zu seinem Tod. Einige bauliche Veränderungen wurden vorgenommen, als die Familie des Prinzen Wilhelm von Baden hier öfters Sommerresidenz hielt.

Über den Ausgang des Rittergeschlechts derer von Kirchberg berichtet die Sage: Die beiden letzten Brüder liebten heiß und innig dasselbe Mädchen. Brennende Eifersucht erfaßte sie, und im Haß warf der Ältere den Jüngeren ins Gefängnis. Dort starb er. Tiefe Reue ergriff den am Leben Gebliebenen, er baute eine Klause und vermachte als der Letzte seines Geschlechts sein Eigen dem Stift Kempten.

Die Sage will auch noch anderes wissen: Sie erzählt von einem Geist, der bei Kirchberg umgeht. Zu seinen Lebzeiten soll das ein

Prälat gewesen sein, der die Leute drückte und quälte und zur Strafe dafür nach seinem Tod umgehen mußte. Bisweilen sah man ihn in einem feurigen Wagen fahren, dann wieder wurde er als schwarzer Hund gesehen. Oft gehen Wanderer in dieser Gegend irre. Pferde werden scheu.

Auch der Geist des Abts Anselm von Kirchberg soll manchmal sechsspännig nach Kirchberg fahren! Der berühmte Erbauer der Wallfahrtskirche von Birnau stand wegen Gebiets- und Rangstreitigkeiten nicht eben gut mit dem Kardinalbischof Roth von Konstanz. So könnte es wirklich sein, was man sich erzählt, daß der Bischof dem Abt zwei seiner Pferde habe ausspannen lassen, als Anselm II. einmal wieder sechsspännig von Salem über Meersburg nach Kirchberg fuhr. (89)

FRIEDRICHSHAFEN

GRAF ULRICH UND WENDELGARD

Zu Buchhorn am Ufer des Bodensees wohnte, kurz bevor Heinrich der Vogler Kaiser wurde, Graf Ulrich, ein Nachkomme Karls des Großen. Er war vermählt mit der schönen Wendelgard, einer Gräfin von Eberstein. Da geschah es, daß die Ungarn Deutschland verheerten und auch Oberschwaben heimsuchten. Deshalb zog auch Graf Ulrich mit vielen Edlen dem Feind entgegen, wurde aber gefangen und nach Ungarn geführt.

Lange Jahre vergingen, und Gräfin Wendelgard harrte immer noch vergeblich auf ihren Gemahl. Endlich glaubte sie, er sei gefallen. Weil sie nicht wieder heiraten wollte, begab sie sich nach St. Gallen und ließ sich in ein Nonnenkloster aufnehmen. Hier diente sie mit Fasten und Beten ihrem Gott, ging aber alle Jahre nach Buchhorn, um dort das Gedächtnis ihres verlorenen Gemahls zu begehen und die Armen zu beschenken.

Das tat sie auch im Jahre 919. Als sie da Almosen an die Armen verteilte, kam auch einer in ganz zerlumpten Kleidern. Auch er empfing eine Gabe, drückte aber dabei die Hand der Gräfin heftig und umarmte und küßte sie. Die Umstehenden waren darob sehr erbost und wollten den frechen Bettler züchtigen. Der aber sagte:

„O laßt mich gehen! Ich habe genug Schläge und Elend in der Gefangenschaft ausgestanden. Ich bin Ulrich, Euer Graf!“ Alsbald wurde er auch erkannt und von seiner treuen Gemahlin und allen anderen bewillkommet und mit großer Freude aufgenommen.

Wendelgard ließ sich vom Bischof von Konstanz von ihrem Gelübde entbinden, legte ihr Nonnenkleid ab und kehrte wieder zurück zu ihrem Gemahl. Ihr Kind, ein schöner, zarter Knabe, den man dem hl. Gallus weihte, wurde später Abt des Klosters. (90)

Buchhorn ist der frühere Name von Friedrichshafen

FRIEDRICHSHAFEN

DIE ÖCHSLEIN

Die Buchhorner zerstückelten einen Ochsen mit Haut und Haar und säten die Stücke aus. Und was geschah? Schon nach kurzer Zeit sahen sie zu ihrer Freude eine Menge junger Öchslein auf dem Felde herumlaufen. Alle trugen schon prächtige Hörnchen. Doch bald kam die Enttäuschung, die Buchhorner Öchslein waren nichts als Schnecken. (91)

FRIEDRICHSHAFEN

WIE DIE BUCHHORNER IN ÜBERLINGEN SCHÖN WETTER HOLEN

Die Buchhorner ärgerten sich einst darüber, daß die Überlinger sich so lang guten Wetters erfreuen durften, während der Himmel ihnen nur sein trübes Gesicht zeigte. Schön Wetter wäre doch für sie gerade so gut.

Sie brachten also die Sache vor den Rat der Stadt. Dieser beschloß, eine Abordnung nach Überlingen zu entsenden, um gutes Wetter zu holen. Dort angekommen, erhielten sie den kurzen Bescheid: „Wenn d' Breama flieget, gibt's gut Wetter.“ Nicht faul, fingen sie eine Bream, taten sie in ein Schächtelchen und gaben dies den Buchhornern mit.

Diese glaubten, das gute Wetter nun bei sich zu haben und gingen beruhigt nach Hause. Unterwegs aber stach sie doch die Neugierde gewaltig. Nach langem Zögern machten sie darum das Schächtelein auf, um nach dem Wetter zu sehen. Aber: pfff, die Bream flog heraus und Überlingen zu. Wie die Buchhorner das sahen, schrieen sie aus Leibeskräften: „Gut Wetter, Buchhorn zu! Buchhorn zu!“ (92)

Breama: Bremse, Schmeißfliege

FRIEDRICHSHAFEN

DER EHRSÜCHTIGE ZUNFTMEISTER

Ein Zunftmeister von Buchhorn kam einst in die Trinkstube der Metzger zu Konstanz. Da ward er wegen seines geringen Ansehens und der Kleidung halber verachtet und zu aller unterst an einen Tisch gewiesen. Das tat ihm sehr wehe; denn er hätte gar zu gerne eine seines Amtes und seiner Würde entsprechende Ehre geerntet. Und doch wollte er nicht wie ein Unverständiger hereinplatzen. So saß er denn, um seine Bescheidenheit zu beweisen, schweigend an den untersten Platz. Dabei blickte er jedoch, ohne ein Auge abzuwenden, immerdar auf den Zunftmeister der Metzger. Was der redete und tat, merkte er sich mit großem Fleiß und tat auch in seinen Gebärden, als ob er höchstes Wohlgefallen daran finde. Auch in seinem Lachen gab er sich höchst auffallend. Das entging dem Konstanzer nicht und er ließ fragen, warum der Fremde sich also auffallend gebärde. Da antwortete der von Buchhorn: „Weil Eure Zunftbrüder euch so große Ehr, Gehorsam und Huldigung bezeigen, gleich, wie die meinen daheim, so ist es mir eine Freud, daß auch noch andere Leute, gleich wie ich, in Ehren stehen und billig geachtet werden.“ „Oh, seid Ihr es?“ sprach der Konstanzer. „Ich meint, du wärst es gewesen! Einem solchen Mann gebührt nicht, unten an zu bleiben!“ Es mußte also der Buchhorner sich oben an den Tisch setzen, und seine Ehre war gerettet. (93)

ERISKIRCH

DER FEURIGE FISCHER AUF DEM BODENSEE

Vor Zeiten sah man auf dem Bodensee bei Nacht oftmals einen feurigen Mann, den man den feurigen Fischer nannte. Er lief auf der ganzen Fläche des Sees hin und her und neckte die Fischer. Dies tat er so lange, bis sie ihm ein Band oder Seil zuwarfen und riefen: „Do, Fischer, host en Bändel!“ Dann kam er ans Schiff, nahm das Seil, zündete es an und sagte manchmal dazu: „So lang dear Bändel brennt, ben i mei’ Qual laos!“

Auch die Eriskircher haben ihn schon vom Land aus gesehen. Da geschah es dann wohl, daß die Spinnerinnen, wenn sie den feurigen Fischer auf dem See sahen, ihm einen dicken, langen Faden zum Fenster hinaus hielten und ihm zuriefen. Augenblicklich stand er vor dem Fenster und nahm den Faden. Und wenn er recht lang war, schlug er vor Freuden ein helles Gelächter auf, lief wieder auf den See hinaus und zündete den Faden an. (94)

WASSERBERG

DER OCHS AM BODENSEE

In Oberschwaben fütterten die Bauern ehedem ihre Ochsen dergestalt, daß sie eine ungeheure Größe erreichten. Da behagte es einmal einem solchen Ochsen nicht mehr in seinem Stall; er brach aus und lief fort, bis er an den Bodensee kam. Da stutzte er eine Weile, besann sich aber nicht lange, sondern spazierte in das Wasser hinein und nahm bei jedem Schritt einen Schluck zu sich, und das ging so fort, bis er durch den ganzen See hindurchgegangen war und auf der anderen Seite am Schweizer Ufer wieder herauskam. Da hatte er so nebenbei im Gehen den ganzen See ausgetrunken.

Nun dachte der Ochs, er wolle sich doch auch die Schweiz ein wenig ansehen und ging hinein. Wie er nun einmal stillstand und sich die fernen Berge ansah, kam ein mächtiger Vogel und setzte sich auf

Der Ochs am Bodensee, Holzschnitt um 1565

das eine Horn des Ochsen. Nach einer Weile schüttelte der Ochs ganz ruhig nur ein wenig seinen Kopf, worauf der Adler fortflog und sich auf das andere Horn setzen wollte. Bis er dies aber erreichte, brauchte er nicht weniger als zwei volle Stunden. Da kann man sich wohl denken, was das für ein großer Ochs gewesen sein muß. (95)

LINDAU

CHRISTUS UND PETRUS AUF DER WANDERSCHAFT

Christus und Petrus kamen einst spät abends nach Lindau und suchten eine Herberge. Allein, sie wurden überall abgewiesen. Nun wohnte in einem Häuschen vor der Stadt ein armer Taglöhner mit seinem Weibe. Diese nahmen die Gäste willig auf, setzten ihnen Speise vor und gaben ihnen ein Lager von Stroh. Als Christus und Petrus das Mahl der Armen genossen hatten, gaben sie sich zu erkennen und sprachen: „Weil Ihr so gute Leute seid, so dürft

Ihr einen Wunsch aussprechen. Der wird Euch gewährt werden!" Sie besannen sich nicht lange und meinten, wenn sie um ihre Hütte nur ein Gärtchen und dabei ein kleines Gütchen hätten. „Euer Wunsch sei gewährt!" sprach der Herr.

Am anderen Morgen hatten die Gäste, noch ehe die armen Leute aus dem Schlafe erwacht waren, ihre Wanderung angetreten. Welche Überraschung, als die Taglöhnersleute zum Fenster hinausschauten! Da lag ja um ihre Hütte ein schönes Gärtchen und dabei noch Wiesen und Äcker mit schweren Ähren.

Eben kam ein reicher Bürger aus der Stadt zu ihnen. Dem erzählten sie, was vorgefallen. Sofort eilte er in die Stadt. Auf seinen Vorschlag versammelte sich der Rat und beschloß, dem Heiland eine Abordnung nachzusenden, sich zu entschuldigen und ihm zu beteuern, daß man ihm gewiß gern ein Quartier gegeben hätte, wenn man gewußt hätte, wer er sei. Er möchte darum auch ihnen einen Wunsch gewähren. Ihre Gegend sei schön und fruchtbar, nur fehlten ihr die Reben. „Sie seien Euch gewährt!" sprach der Herr. Schmunzelnd gingen die Abgeordneten heim.

Als sie weg waren, fragte Petrus den Heiland unwillig: „Wie magst Du den groben Kerls, die uns kein Nachtlager gönnten, Wein wachsen lassen?" Beruhigend sprach der Herr: „Gib dich zufrieden, Petrus. Ich habe den Lindauern Wein versprochen. Er wird ihnen wachsen, aber frage mich nur nicht, was für einer." Aus diesem Grunde ist der Seewein so sauer. (96)

LINDAU

DER FREMDE JÜNGLING BEIM MÜNSTERBAU

Als die frommen Frauen des Stifts „Zu Unseren Lieben Frauen unter den Linden" ein herrliches Münster bauten, da beauftragten sie ihre Baumeister, das Mittelschiff von den Seitenschiffen durch zwölf mächtige, aus einem Stein gehauene Säulen voneinander zu trennen. Weil aber die Säulen so schwer waren, daß sie unmöglich aufgerichtet werden konnten, schien den Baumeistern guter Rat teuer.

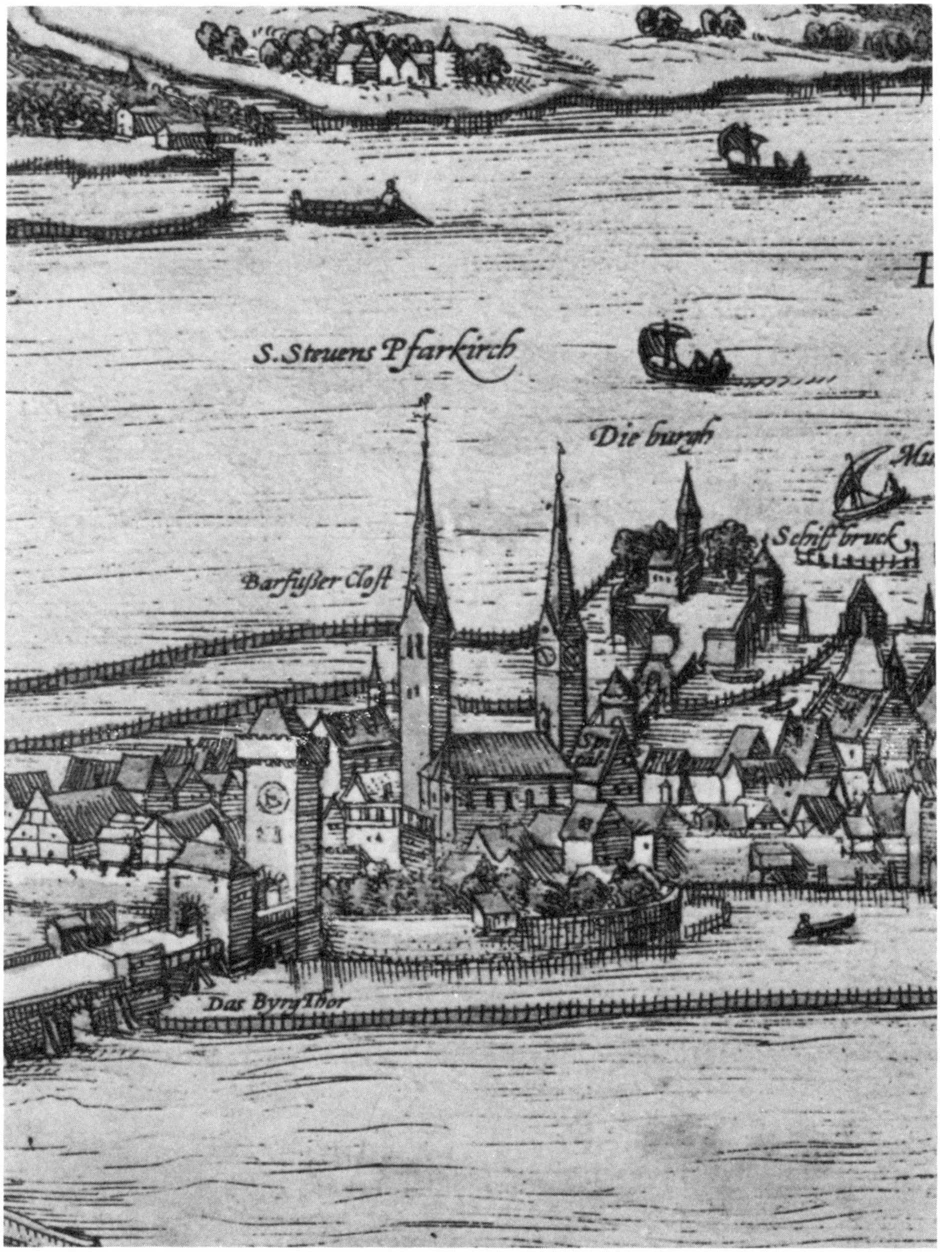

Lindau, Kupferstich von 1572

Da gesellte sich auf einmal ein fremder Arbeiter zu ihnen und bot ihnen an, die Säulen ganz allein aufzustellen; nur dürfe ihn keiner fragen, von wannen er komme und wohin er gehe. Das wurde ihm zugestanden. Nun ging der fremde Jüngling rasch an die Arbeit und trieb den Bau mit solchen Riesenkräften vorwärts, daß die Baumeister aus dem Staunen nicht mehr herauskamen. Sie waren zumal sehr darüber verwundert, daß keiner den seltsamen Jüngling jemals essen sah, und daß er immer verschwand, sobald die anderen Arbeiter zur Mahlzeit gingen. Also rieten sie hin und her, wohin er wohl gehe und woher seine Riesenkraft stamme. Aber niemand getraute sich, ihn zu fragen, bis endlich beim Aufrichten der letzten Säule einer der Bauleute seine Neugier nicht mehr länger bezähmen konnte und seiner Zunge die erste Frage entgleiten ließ. Alsbald krachte jene Säule unter donnerndem Getöse hernieder und zerbrach in zwei Stücke. Den Fremden hat seitdem niemand mehr gesehen; er war wohl ein Engel vom Himmel. (97)

LINDAU

DAS PRIVILEG DER ÄBTISSIN

Die gefürstete Äbtissin zu Lindau am Bodensee hat während ihrer Regierung das Recht, einen von dasigem Stadtmagistrat zum Tod condemnirten Maleficanten durch eigenhändige Abschneidung des Strickes von des Nachrichters Hand zu entledigen. Dieses wurde auch am 27. Oktober 1780 von der dermaligen regierenden Fürstin Äbtissin ausgeübt.

Ein Maleficant ward ausgeführt. Die Fürstin befand sich mit ihrer Suite am sogenannten Baumgarten. Auf Geheiß des Beichtvaters bat der Maleficant fußfällig um Erlösung. Die Fürstin ergriff sodann den Strick, woran er vom Nachrichter geführt wurde, schnitt ihn ab und sagte: „Ich erlöse dich im Namen des Allerhöchsten und der übergebenedeieten Jungfrau Maria.“ Hierauf wurde der Erlöste ins Stift genommen, gespeist, beschenkt, zur Besserung seines Lebens ermahnt und seinem anwesenden Vater übergeben. Der Strick wurde ihm, wie gewöhnlich, um den Leib gebunden, und ihm befohlen, ihn lebenslang zum Denkzeichen zu tragen. (98)

Südliches Oberschwaben

Alte Ansicht von Ravensburg

MARKDORF

DAS WEISSE FRÄULEIN IM ALTEN SCHLOSS

In der alten Burganlage soll sich ein unterirdischer Schatz befinden. Zwei Männer machten sich auf, ihn zu heben. Sie gingen in den Berg hinein und kamen durch drei Pforten, die sich von selbst öffneten. An der zweiten stand eine Jungfrau, die sie befragten. Sie wies ihnen den Weg. „Der Schatz befindet sich in einer Kiste", sagte sie. „Auf der Kiste liegt ein großer Hund. Hebt den Hund weg und nehmt den Schatz an euch! Aber das merkt euch gut: Während der ganzen Arbeit und auch auf dem Weg dürft ihr kein Sterbenswörtlein reden!"

Es war so, wie das Fräulein gesagt hatte: In einem großen Gewölbe fanden sie den Schatz in einer Kiste und darauf liegend einen Hund. Sie nahmen den Hund weg, öffneten die Kiste, füllten in ihre Säcke so viel von dem Schatz hineinging und sprachen dabei kein Wort. Darauf traten sie den Rückweg an; aber sie waren noch nicht draußen, als einer der Männer ganz leise zu dem andern sagte: „Wenn ich nicht schon da gewesen wäre, ich ginge nie mehr zu diesem Schatz, denn hier ist es gar zu schauerlich und unheimlich!" Kaum hatte er geendet, so waren die Säcke mit allem verschwunden, und die beiden Männer standen vor dem Bühl, ohne mehr zu wissen, wie sie herausgekommen. (99)

MARKDORF

DER SCHLOSSGEIST

Am Fuße des Gehrenbergs liegt am Gewann Schlicher ein freistehender, ziemlich hoher, kegelförmiger Hügel, den man das alte Schloß nennt. Hier trieb in alter Zeit ein Geist seinen Spuk.

An einem Karfreitag, an welchem Tage sich ja die Schätze sonnen, kam eine Magd hierher, um Flugsand zu holen. Als sie ihren Kübel gefüllt hatte, suchte sie ihn auf den Kopf zu heben. Umsonst.

Er war zu schwer. Hierüber aufgebracht, schalt sie den bösen Schloßgeist und schüttete unwillig den Sand aus. Doch siehe! Aus dem Kübel leerte sie statt des Sandes eine große Menge davonrollender Goldstücke. Rasch wollte sie dieselben sammeln. Es war ihr nimmer möglich. Allzu schnell entschwanden sie ihr unter den gierig zugreifenden Händen. Der Gedanke an den entgangenen Reichtum ließ sie nimmer ruhen. Aus Kummer darüber verlor sie gar den Verstand. (100)

MARKDORF

FREUNDE IN LEBEN UND TOD

Um das Jahr 1445 haben zwei Handwerksburschen unter einem Meister zu Markdorf gearbeitet; davon der eine von Neuenstadt auf dem Schwarzwald soll gebürtig gewesen sein, gesagt und geheißen Hans Schwarzwälder.

Hat sich begeben, daß der Gesell unversehens krank worden, auf welchem Krankenlager er gestorben. Vor seinem Absterben hat er seinem Gesellen, dem Schwarzwälder, auf sein vielfältiges Begehren zugesagt, ihm, wenn er sterbe, und falls es möglich sei, wiederum zu erscheinen und anzuzeigen, wie es ihm in der andern Welt gehe.

Also in wenig Tagen hernach, da ist der Geist zu Zeiten unter Tags, zu Zeiten bei Nacht dem andern in feuriger und erschrecklicher Gestalt, doch im Aussehen wie bei Lebzeiten erschienen und hat ihm dabei vermeldet, er sei ewiglich verloren. Dieser Abenteuer hat er soviel getrieben und eine solche unaufhörliche Unruhe gehabt, daß er den jungen Mann beinahe von Sinnen gebracht. Da hat kein Beten geholfen, bis zuletzt ein alter Mönch von St. Gallen den Geist, es sei ein guter oder böser, mit vielem Beschwören hat bannen können. (101)

DER URSPRUNG DER WELFEN

Warin war ein Graf zu Altorf und Ravensburg in Schwaben; sein Sohn hieß Isenbart und Irmentrut dessen Gemahlin. Es geschah, daß ein armes Weib unweit Altorf drei Kindlein auf einmal zur Welt brachte. Als das die Gräfin Irmentrut hörte, rief sie aus, es wäre unmöglich, daß dies Weib ohne Ehebruch drei Kinder von einem Mann haben könnte. Dies redete sie öffentlich vor Graf Isenbart, ihrem Herrn, und allem Hofgesinde und sagte auch, die Ehebrecherin verdiente nichts anders, als in einen Sack gesteckt und ertränkt zu werden.

Das nächste Jahr wurde die Gräfin selbst guter Hoffnung und gebar, als der Graf eben ausgezogen war, zwölf Kinder, lauter Knaben. Zitternd und zagend, daß man sie nun ihren eigenen Reden nach gewiß Ehebruchs zeihen würde, befahl sie der Kellnerin, elf Kinder (denn das zwölfte behielt sie) in den nächsten Bach zu tragen und zu ersäufen. Während nun die Alte diese elf unschuldigen Kinder, die sie in einem großen Becken trug, in den vorbeifließenden Bach, die Scherz genannt, tragen wollte, schickte es Gott, daß der Isenbart selber heimkam und die Alte fragte, was sie da trüge? Sie antwortete, es wären Welfen oder junge Hündlein. „Laß schauen", sprach der Graf, „ob mir einige zur Zucht gefallen und ich sie gebrauchen kann!" „Ei, ihr habt Hunde genug", sagte die Alte und weigerte sich, „ihr möchtet das Gruseln bekommen, sähet ihr einen solchen Wust von Hunden." Allein der Graf ließ nicht ab und zwang sie, die Kinder zu zeigen. Da er nun die elf Kindlein erblickte, die, obwohl klein, doch von adliger, schöner Gestalt und Art waren, fragte er heftig, wem die Kinder gehörten. Als die alte Frau bekannte und auch sagte, weshalb sie umgebracht werden sollten, gab der Graf diese Welfen einem reichen Müller in der Nähe zur Erziehung und verbot der Alten ernstlich, ihrer Frau etwas davon zu sagen.

Sechs Jahre hernach ließ der Graf die elf adlig geputzten und gezierten Knaben in sein Schloß bringen, wo jetzt das Kloster Weingarten steht, lud seine Freundschaft zu Gast und machte sie fröhlich. Als das Mahl beendet war, ließ er die elf rot gekleideten Kinder einführen; und alle waren dem zwölften, das die Gräfin behalten hatte, an Farbe, Gliedern, Gestalt und Größe so gleich, daß man sehen konnte, wie sie von einem Vater stammen und unter einer Mutter gelegen waren. Unterdessen stand der Graf auf und fragte seine gesamte Freundschaft feierlich, was für einen Tod ein Weib verschuldete, das elf so herrliche Knaben hätte umbringen wollen. Machtlos und ohnmächtig sank die Gräfin bei diesen Worten hin; denn das Herz sagte ihr, daß ihr Fleisch und Blut zugegen waren. Nachdem sie wieder zu sich gebracht worden war, fiel sie dem Grafen mit Weinen zu Füßen und flehte jämmerlich um Gnade. Weil nun alle Freunde für sie baten, verzieh der Graf ihrer Einfalt und kindlichen Unschuld, aus der sie das Verbrechen begangen hatte: „Gottlob, daß die Kinder am Leben sind!"

Zum ewigen Gedächtnis der wunderbaren Geschichte begehrte und verordnete der Graf in seiner Freunde Gegenwart, daß seine Nachkommen sich fürder nicht mehr Grafen zu Altorf, sondern Welfen, und sein Stamm der Welfen-Stamm heißen sollten. (102)

Altorf ist der frühere Name von Weingarten

RAVENSBURG

LANDERWERB MIT DEM PFLUG

Eticho der Welf liebte die Freiheit so sehr, daß er seinem Sohne Heinrich heftig abriet, ein Land vom Kaiser zu Lehen zu tragen. Heinrich aber begab sich durch Zutun seiner Schwester Judith, die Ludwig dem Frommen die Hand gegeben hatte, in des Kaisers Schutz und Dienst und erwarb von ihm die Zusage, daß ihm so viel Land geschenkt sein sollte, als er mit seinem Pfluge zur Mittagszeit umgehen könnte.

Heinrich ließ darauf einen goldenen Pflug schmieden, den er unter seinem Kleide barg, und zur Mittagszeit, als der Kaiser schlief, fing er an, das Land zu umziehen. Er hatte auch an verschiedenen Orten Pferde bereitstehen, um zu wechseln, wenn sie ermüdeten. Wie er eben einen Berg überreiten wollte, kam er an ein böses Mutterpferd, das gar nicht zu bezwingen war, so daß er es nicht besteigen konnte. Daher heißt der Berg bis auf den heutigen Tag Mährenberg, und die Ravensburger Herren behaupten das Recht, daß sie nicht genötigt werden könnten, Stuten zu besteigen. Mittlerweile war der Kaiser aufgewacht und Heinrich mußte einhalten. Er ging mit seinem Pfluge an den Hof und erinnerte Ludwig an das gegebene Wort. Dieser hielt es auch, wiewohl es ihm leid tat, daß er so belistet und um ein großes Land gebracht worden war. Seitdem führte Heinrich den Namen eines Herrn von Ravensburg; denn Ravensburg lag mit im umpflügten Gebiet. Seine Vorfahren hatten bloß Herren von Altorf geheißen.

Als aber Eticho hörte, daß sich sein Sohn hatte belehnen lassen, machte er sich traurig aus Bayern fort, zog mit zwölf seiner treuesten Diener auf das Gebirge, ließ alle Zugänge sperren und blieb hier bis an sein Lebensende. Späterhin ließ einer seiner Nachfahren die Gräber auf dem Gebirge suchen und die Totenbeine ausgraben, um Gewißheit von dieser Sage zu erlangen. Als er nun die Wahrheit völlig erkannt hatte, ließ er an dem Ort eine Kapelle bauen und sie darin zusammen bestatten. (103)

RAVENSBURG

DER HERING

Bis auf Kaiser Friedrichs Zeiten war zu Ravensburg noch nie ein Hering gesehen worden. Da begab es sich, daß ein frommer und biederer Kaufmann gen Ravensburg kam und neben anderen Waren, die er mitbrachte, auch Heringe feilbot. Machte dabei gar ein Rühmens von seinen Meerfischen, wie sie eine so gute Fastenspeise wären, und wie man sie leicht ohne alle Unkosten zubereiten könne; auch wenn sie nur das Feuer gesehen, wären sie schon gekocht. Darüber waren die Herren von Ravensburg hoch erfreut, ließen die Heringstonnen sogleich aufs Feld hinausführen und machten ein großes Feuer an. Der Bürgermeister nahm einen Hering heraus und hielt ihn ans Feuer; aber leider entwischte er ihm aus der Hand, dieweil er schlüpfrig war. Griff also der Bürgermeister ins Gras, auf daß er den Hering erwische. Er erwischte jedoch einen Frosch, und alldieweil er diesen drückte, schrie der: „Kwäck! Kwäck!“ Darauf sagte der Bürgermeister: „Kwäck hin, Kwäck her, du hast das Feuer gesehen!“ – und wisch damit ins Maul. (104)

RAVENSBURG

ER TUT, ALS WENN ER MÖTTELINS GUT HÄTTE

In Ravensburg lebte einst eine adelige Familie von Rappenstein, genannt Möttelin. Sie stammte aus dem Thurgau in der Schweiz, wo sie große Güter besaß. Auch in unserem Lande hatte sie reiche Besitzungen und war derenthalben allgemein bekannt unter dem Namen die reichen Möttelin. Sie hatten in der Stadt seinerzeit sogar ein eigenes Tor, das Möttelinstor. Allein, wie es auf der Erde eben so oft gehet, kamen auch die reichen Möttelin nach und nach um Hab und Gut. Schuld daran waren ungerade, nichtsnutzige, verschwenderische Nachkommen, die in Saus und Braus lebten und so all ihren überschwenglichen Reichtum vertaten. Wenn darum in Ravensburg jemand verschwenderisch lebt, so sagt man von ihm heute noch: „Er tut, als wenn er Möttelins Gut hätte." (105)

TETTNANG

WIRREN DER REFORMATION

Als die Reformation in der Bodenseegegend um sich griff, kam ein Prädikant nach Berg, Oberamt Tettnang. Der katholische Pfarrvikar (denn Pfarrer war der Domkustos in Konstanz) wurde durch das Andringen der Protestanten so in Furcht gejagt, daß er die Flucht ergriff und dem Prädikanten den Platz räumte.

Dies erfuhr die ehrsame Jägerei in Tettnang und beschloß, den Prädikanten zu vertreiben. Mit Hunden und Jagdwaffen führte sie ihr Vorhaben aus.

Teils das Andenken zu bewahren, teils den Pfarrer in Berg wegen seiner Feigheit zu bestrafen, wurde nun der Pfarrei folgendes an sich lächerliches, doch bedeutungsvolles Onus auferlegt, das erst 1827 oder 1828 zur Ablösung kam.

Der Pfarrer in Berg mußte alle Jahre an einem gewissen Tage die ehrsame Jägerei und deren Hunde von Tettnang bewirten. Mit

Trommeln und Pfeifen zogen sie ein in Berg. Nun war genau vorgeschrieben, was und wieviele Weine, Fleischarten, Geflügel, Hundsbrot, z. B. weiße Hennen usw. aufgetragen werden mußten. Mitternacht zwölf Uhr mußte die Jägerei um die Kirche einen Umgang halten und so lärmen, daß der Lärm in Tettnang gehört wurde. Geschah dies nicht, so mußte sie die Zeche bezahlen. Betrinken durfte sich niemand. Gelang es aber dem Pfarrer, nachts alle Lichter auszulöschen, so mußte ihm bezahlt werden. Des Morgens früh war es dann Pflicht des Pfarrers, eine Messe zu lesen, und die ehrsame Jägerei mußte derselben andächtig beiwohnen. In ihrem Namen hatte eine Art Harlekin ein bestimmtes Opfer zu entrichten, und hernach zog die Jägerei unter Pfeifen und Trommeln nach Tettnang zurück. (106)

WEINGARTEN

DIE GESCHICHTE DES HEILIGEN BLUTES

Der römische Soldat Longinus, der die Seite des Heilandes mit einer Lanze öffnete, wurde gläubig, kam später nach Italien und predigte mit großem Eifer das Evangelium in Mantua. Voll frommen Sinnes hatte er beim Tode Jesu einen Teil des Blutes Christi gesammelt. Als teures Gedenken trug er es fortan in einem bleiernen Gefäß bei sich. Daß auch er gewürdigt werde, als Blutzeuge für das Evangelium Jesu Christi zu sterben, ahnte er voraus. Darum vergrub er das Gefäß mit dem heiligen Blut in der Erde, um es vor Verunehrung zu schützen.

Im Jahre 804 wurde das Gefäß, das die Aufschrift „Sanguis Christi" (Blut Christi) trug, aufgefunden. Allein, wenige Jahrzehnte nachher mußte es wiederum vergraben werden, um es vor den Ungarn und Normannen, die in Italien einfielen, zu retten.

Erst im Jahre 1048 wurde es wieder aufgefunden. Der Ort, wo es ruhte, wurde durch einen frommen Blinden, namens Adelbero, bekannt. Dieser hatte in der Kirche des heiligen Andreas ein Gesicht. Darin bezeichnete ihm der Apostel im Garten des Hospitals zu Mantua den Ort der Reliquie und verhieß ihm zugleich das Augen-

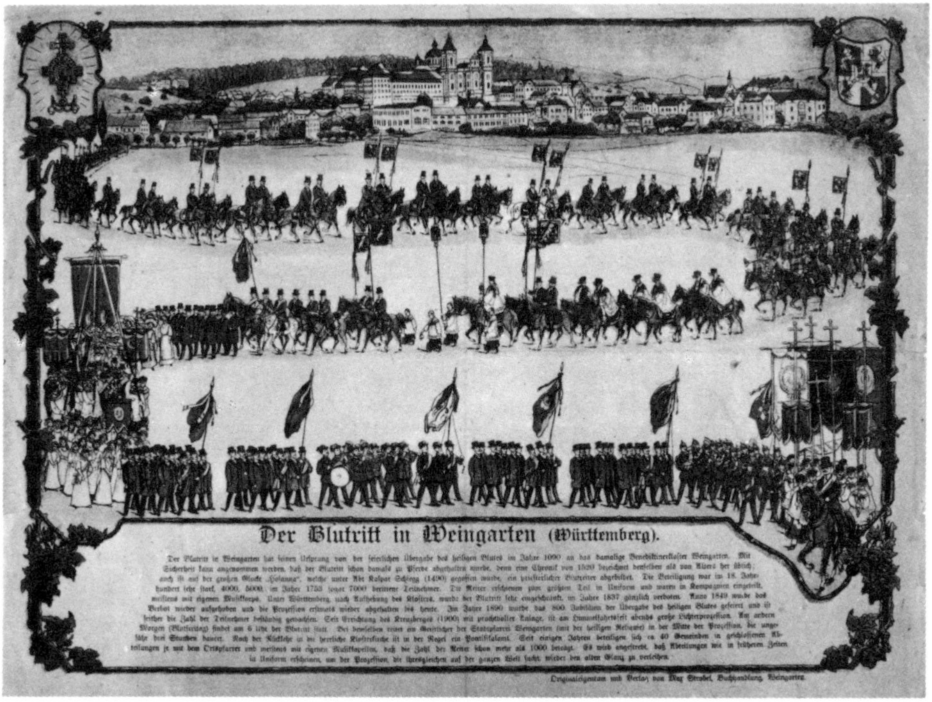

Der Blutritt in Weingarten, Lithographie, 19. Jh.

licht, wenn er die Erscheinung offenbare und die Ausgrabung veranlasse. Als der Bischof Martialis von Mantua, hiervon benachrichtigt, nachgraben ließ, fand man das bleierne Gefäß mit dem heiligen Blute. Man verbrachte es in die Kirche des heiligen Andreas. Adalbero aber war von der Stunde an sehend.

Durch Vermittlung des deutschen Kaisers Heinrich III. wurde die Reliquie geteilt: ein Teil verblieb zu Mantua, einen Teil erhielt der Papst und den Rest der Kaiser. Dieser vermachte auf dem Sterbebette den kostbaren Schatz dem Grafen Balduin V. von Flandern, seinem Gegner, als Unterpfand der Versöhnung. Durch den kam es auf seine Tochter Judith, die Gemahlin Welfs IV., des Herzogs von Ravensburg und Altdorf. Von ihr erhielt es am 31. Mai 1090, dem Tage nach Christi Himmelfahrt, das Kloster Weingarten.

Dort ist es heute noch aufbewahrt in einem Bergkristall, der in ein vergoldetes Kupfergefäß gefaßt ist. (107)

WEINGARTEN

VOX HUMANA

Lange Zeit gaben sich die Orgelbauer die größte Mühe, in den Tönen der Orgel womöglich die menschliche Stimme nachzuahmen. Auch Gabler, der Erbauer der Weingartener Orgel, arbeitete jahrelang daran; aber trotz der Auswahl in allen Holzarten und trotz aller Versuche in den Metallmischungen wollte es ihm nicht gelingen. Da flüsterte ihm der „Böse“ eines Nachts ins Ohr, daß er ihm helfen wolle, er müsse ihm aber seine Seele verschreiben. Am Laurastein sollte er sich um die zwölfte Stunde der Nacht einfinden. So begab sich Gabler denn in einer stürmischen Nacht dorthin. Und siehe, mit dem Glockenschlag der Hosianna erschien der Leibhaftige, als Jäger verkleidet. Der Orgelbauer verschrieb ihm mit Blut seine Seele. Dafür bekam er ein Metall zur Herstellung seiner Pfeifen, und herrlich erklang in dem Register „Vox humana“, die menschliche Stimme. Aber, o weh, der Teufel saß doch in ihr; denn anstatt heiliger Melodien sang sie von der Lust der Welt. Voll Bestürzung ließ nun der Abt den Orgelbauer zu sich kommen. Der gestand die schwarze Tat. Gabler sollte nun mitsamt dem unheimlichen Register im Klosterhofe verbrannt werden. Zuvor aber sollte er wenigstens annähernd Ersatz schaffen. Dies gelang ihm so gut, daß der Abt ihm das Leben schenkte. (108)

WEINGARTEN

DER GEHEIMHEBEL IN DER ORGEL

Nach Vollendung der Orgel schuldete das Kloster dem Erbauer derselben noch tausend Gulden. Gabler war in Sorge um diese Summe. Darum erbat er sich eines Tages die Schlüssel zu dem Instrumente, um, wie er sagte, etwas in ihm nachzusehen. Er stieg in die Orgel und tat einen einzigen Griff. Nun war es aus mit ihrem bezaubernden Singen und Klingen; ein klägliches Wimmern und Stöhnen war mehr zu vernehmen. Was war's? Woher kam's? Abt und Konvent waren voll Sorge um das Werk. Sie riefen Gabler.

Der versprach zu helfen, wenn man ihm sein ausstehendes Guthaben aushändige. Es geschah! Unser Meister tat nun einen Griff, und die Orgel ertönte zur Freude aller wieder in ihrer früheren Schönheit. (109)

Auch in späterer Zeit (1905) versagte die Orgel ohne erklärlichen Grund einmal ihren Dienst. Zwei Tage lang suchte man vergeblich nach der Ursache. Am dritten Tage endlich entdeckte man einen Geheimhebel, durch den man den Windzufluß hemmen konnte, weshalb die Orgel stöhnte und wimmerte. Es war der Geheimhebel Gablers. Um künftig niemand mehr in Versuchung zu führen, wurde er bei einer späteren Ausbesserung der Orgel entfernt.

WEINGARTEN

DIE HOSANNAGLOCKE

In Weingarten ist eine große Glocke, drei Mann müssen sie läuten. Die wollten mal die St. Galler kaufen. Sie boten so viel Kronentaler, als man von St. Gallen nach Weingarten aneinanderlegen könnte. Die Weingartner gaben sie nicht her. Mal kamen sie und stahlen die Glocke und brachten sie bis Friedrichshafen, aber keinen Schritt weiter. Währenddessen schlug das Wetter in Weingarten alles zusammen. Die St. Galler hätten deswegen die Glocke so gern gehabt, weil, so oft man in Weingarten die Glocke anziehe, die Gewitter alle weg und der Schweiz zu ziehen. (110)

BAINDT

DAS WEISSE RÖSSLE OHNE KOPF

Bei Baindt, Weingarten und Umgegend geht das weiße Rößle um. Es erscheint ohne Kopf und schreckt ängstliche Seelen. Namentlich Kindern, die nicht folgen, oder abends, wenn es auf dem Kirchturm läutet, nicht heimgehen wollen, soll es bös zusetzen. (111)

FRONREUTE

DAS VERSUNKENE SCHLOSS

Links der Straße Blitzenreute/Altshausen sieht man den Schreckensee. In ihm lag einst eine Insel, auf der sich das Schloß derer von Schreckensee erhob. Vor hundert Jahren noch sollen Spuren desselben wahrzunehmen gewesen sein. Heute ist nichts mehr zu sehen. Die Insel samt Schloß ist versunken. (112)

RÖTENBACH

DAS VERSUNKENE WIRTSHAUS

Auf dem Kapelisberg bei Rötenbach stand einstmals ein Wirtshaus. In demselben ging es oft recht ausgelassen zu. Als einst wieder wüstes Tanzen und Lärmen an der Reihe war, ging unten ein Pfarrer mit dem Allerheiligsten vorbei, um einem Todkranken die Wegzehrung zu bringen. Des Mesners Glöcklein mahnte die droben. Was kümmerte das sie? Statt darauf zu hören, spottete und höhnte man. Doch kaum war der Geistliche vorübergegangen, da begann das Haus zu wanken. Die Erde öffnete sich, und alles, was im Hause war, versank in die Tiefe. (113)

LANGNAU

DAS SCHRÄTTELE

In Langnau, zwei Stunden von Tettnang entfernt, plagte das Schrättele einen Mann gar sehr und sog so lang an seiner Brust, bis daß er Milch gab. Ebenso soll das Schrättele oft die Brüste ganz kleiner Kinder drücken, daß sie aufschwellen wie der Busen von erwachsenen Mädchen.

Ein Müllersknecht aus der Gegend von Langnau wurde ebenfalls von einem Schrättele heimgesucht. Da atmete er einmal in der

Nacht so schwer und brachte so bange Töne hervor, daß sein Schlafkamerad erwachte und schnell ein Licht anzündete. Da lag quer über dem Bett ein Strohhalm, den sie nahmen und verbrannten. Als der Müllersknecht am andern Tage in das Haus seiner Nachbarin kam, hatte sie Brandwunden an Händen und Füßen; er aber war seitdem vom Druck des Schrättele frei. (114)

EGLOFS

DIE FLIEGENDE HEXE

Vor Zeiten soll auch in Eglofs eine Hexe gewesen sein. Wenn sie zu Mittag kochte, und das Schmalzpfännlein auf dem Feuer stand, holte sie, bis das Schmalz heiß war, Zwiebeln in Lindau. Denn mit Hilfe des Bösen hatte sie solche Macht, daß sie in wenigen Augenblicken an stundenweit entfernte Orte gelangen konnte. Später wurde diese Hexe verbrannt. (115)

Hexenverbrennung, Kupferstich, 16. Jh.

WALDBURG

DAS GRAUMÄNNLEIN

So oft in dem Schlosse Waldburg-Zeil einst ein Glied der fürstlichen Familie starb, erschien das Graumännlein. Es war ganz klein von Gestalt, hatte graue, uralte Haare und ein aschgraues Mäntelchen. Aus den großen Kellern und Gewölben kam es, marschierte herauf ins Schloß, ging durch die Gemächer und durchstöberte alles. Hatte es die Runde gemacht, so kehrte es wieder zurück. Man hat es oft gesehen. Seit langer Zeit aber kommt es nicht mehr. (116)

Bregenz, Vorarlberg und der Bregenzer Wald

Bregenz, Holzschnitt von 1616

ST. COLUMBAN UND SEINE SCHÜLER

Als der heilige Irländer Columban, der um das Jahr 560 geboren ist, seiner unwillkommenen Sittenpredigt wegen von dem üppigen Hofe des Frankenkönigs Theoderich II. verwiesen worden war, begab er sich mit seinen Schülern Gallus, Magnus u.a. nach Arbon am Bodensee zu einem frommen Priester, namens Wilimar, und fragte nach einem Platze, auf dem einige Zellen in der Einsamkeit erbaut werden könnten. Wilimar antwortete: Es findet sich ein verödeter Ort, der die Spuren alter Gebäude unter Trümmern bewahrt, wo das Erdreich fett und zur Erzeugung von Früchten tauglich ist; hohe Berge stehen im Halbkreise, eine öde Wüste erhebt sich über der Stadt, die Ebene ist fruchtbar; wer hier Nahrung sucht, dem wird der Lohn der Arbeit nicht versagt; der Name ist Brigantium.

Mit Eifer eilten die Männer dem beschriebenen Orte zu und fanden da im Jahre 609 in der Kapelle der hl. Aurelia schon ältere Bemühungen vor, welche auf die Verbreitung des christlichen Glaubens hindeuteten. Bald sahen sie ein, daß die Arbeit von neuem begonnen werden müsse, weil in der Aureliakapelle drei eherne Bildnisse alemannischer Götter, Wodan, Thor und Freya, und vor denselben ein Kessel voll Bier als Opfertrank standen.

Columban vertraute auf die Vorsehung, erwartete das Gedeihen von der Zeit und schlug mit seinen Jüngern einige Hütten auf. Ein frommer Wandel und der Anbau des Landes befreundete die Ankömmlinge mit den Alemannen. Sie waren bestrebt, die heimische Sprache zu lernen und versäumten keine Gelegenheit, sich mit den Sitten und Gebräuchen der Einwohner bekannt zu machen. Gallus besaß einige Kenntnisse in der Heilkunde und verstand sich auf den Fischfang.

Durch Zutrauen ermutigt, nutzte Gallus ein großes Fest, welchem Weiber und Kinder, Männer und Greise zustrebten, um die Götter zu ehren und auch um die Fremdlinge zu sehen, von denen viel Gutes zu ihren Ohren gekommen war. Gallus begann den gutmütigen Leuten den Gott der Christen zu verkünden und seine begeisterte Rede fand Gehör. So durfte er es wagen, die Götterbildnisse zu zertrümmern, in den See zu werfen und den Opferkessel

Die Heiligen Kolumban und Gallus werden von Arbon nach Bregenz gerudert, Miniatur von 1452

auszuschütten. Columban errichtete einen Altar, weihte die Kapelle zum christlichen Gottesdienst, brachte Gott das unblutige Opfer des Neuen Bundes dar und taufte die Alemannen. Nach dreijährigem Wirken trennten sie sich, Columban zog nach Italien, Gallus nach Arbon und St. Gallen. (117)

BREGENZ

DIE STADTRETTERIN GUTA

Im Appenzellerkrieg hielten einmal Männer aus der Schweiz und vom Bunde ob dem See in der Taverne zu Rankweil bei versperrter Türe Rat und beschlossen, Bregenz zu überrumpeln und seine Bewohner zu ihrem Bund gegen den stolzen schwäbischen Adel zu zwingen. Man bestimmte dazu den St.-Hilari-Tag.

Die Eidgenossen, die sich in der Stube allein und unbelauscht wähnten, gewahrten hinter dem großen Ofen ein Weib, das dem Anschein nach schlief. Es hatte aber den ganzen Anschlag auf die Stadt gehört. Mit dem Tode bedroht, erzählte sie den rauhen Männern, wie sie halb erfroren schon bei der Dämmerung hierher gekommen und hinter dem Ofen vom tiefsten Schlafe überwältigt worden sei. Das arme Weiblein mußte schwören, von dem, was sie etwa vernommen, keinem Menschen etwas zu sagen.

Mit wilden Drohungen vor die Türe gestoßen, suchte sie im Stalle Zuflucht. Fest entschlossen, die Stadt Bregenz vor einem Überfall zu warnen, eilte sie auf tiefverschneitem Wege bei der grimmigsten Kälte nach Bregenz hinab, wo sie ganz entkräftet sogleich nach dem Stadtammann fragte, der im Rate war. Fast außer Atem trat sie in die Ratsstube zu den versammelten Herren und stellte sich vor den Ofen hin. Von ihrem verrückten Tun befremdet, fragten die Herren sie um ihr Begehren. Sie gab zur Antwort, sie komme eilends von Rankweil. Sie sei von einem Eid gebunden, was sie dort mit eigenen Ohren gehört und mit eigenen Augen gesehen, keinem Menschen zu erzählen, und drum sage sie es dem Ofen. Nachdem sie das zu Rankweil Erfahrene umständlich erzählt hatte, fragten sie die Ratsherren um ihren Namen. „Ich heiße Guta, und alles nennt mich die alte Guta“, war ihre Antwort.

Graf Wilhelm von Montfort-Bregenz, der dies alles vom Stadtammann gehört hatte, zeigte durch Eilboten dem schwäbischen Adel vom St.-Georgenschild die dringende Gefahr an. Achttausend Mann, Ritter und Knechte, waren bis zum St.-Hilari-Tag gen Bregenz zur Rettung der Stadt eiligst herangezogen. Guta verlangte als Belohnung Nahrung und Obdach, jedoch solle die Nachtwache der Stadt von Martini bis Lichtmeß die neunte Abendstund mit dem Rufe anzeigen: „Ehret die Guta!“, das im Volksmunde in Ehreguota oder Ehrguta zusammenschmolz und einigen Schriftstellern Veranlassung zu dem Namen Hergotha gab.

Die Anordnung des armen Weibes wurde durch 404 Jahre getreu befolgt, bis 1812 der damalige königlich bayrische Landrichter Weber diese geschichtliche Erinnerung abschaffte. Im Jahre 1814 aber fand jener Wächterruf beim dankbaren Volke sogleich Wiederaufnahme, und noch lange wanderten vor Mitternacht zwei Nachtwächter die obere und untere Stadt durch, und zwar in der Richtung, wie sie sich selbst untereinander verabredeten. Von Martini bis Lichtmeß rief jeder um neun Uhr auf allen Rufplätzen der oberen und unteren Stadt: „Ehreguta, Ehreguta! Gelobt sei Jesus Christus!“ (118)

BREGENZ

DER SCHATZGRÄBER

Auf dem Bregenzer Schloßberg ist ein Gumpen voll Binsen, Fröschen und Molchen, und dort flimmert zur Nachtzeit, ich weiß nicht wie, ein Lichtle. Das Lichtle kommt immer, wenn es vom Turm in der Pfarre zur Nacht zwölfe geschlagen hat, bald daher, bald dorther aus den Tannen und Buchen, bald beim Hexenplatz herauf an den Eichen vorbei und bald aus dem Öräwäldle über den Ölrain herauf und durch die Lärchen zum Gumpen; dort bleibt es stehen und brennt bis um zwei.

Das ist das Geisten von dem Hallunk, der das wehrhafte Bregenz an die Schweden verraten hat. Die Schweden sind im Dreißigjährigen Krieg gen Bregenz gekommen mit Sengen und Brennen und Nüelen wie das Wuetas. Zwar haben sich zuerst die Bürger von

Bregenz, als die Schweden von Lindau angeruckt kamen, wacker gewehrt, und bei der Unot haben die Schweden holops müssen fliehen zurück gegen Lochau. Aber zu Lochau kommt bei der Nacht ein Mann in das schwedische Lager und verspricht dem General Gustav Wrangel, wie er die Schweden heimlich auf Ab- und Umwegen will führen in das Bregenzer Städtlein, aber versteht sich, nur um einen guten Lohn. Die Schweden gehen es ein, und drauf führt sie der Spitzbub über den Haggen und den Pfänder hinab ins Tal vor das Städtle.

Jetzt da kommt der Verräter zum Wrangel und bettelt: „Gebt mir meinen Lohn!" Aber der Schwed schüttelt den Kopf und sagt ernstlich zum Lumpen: „Der Taglohn soll dir nicht fehlen; auf dem Schloßberg hinter dem Felsen ist ein Sumpf, dort haben, wie ich mir habe sagen lassen, die Herren Grafen von Bregenz im Appenzellerkrieg ein guldis Kegelspiel vergraben, und das ist dein Lohn; so geh mit Spaten und Schaufel und such es." No, der geht zum Gumpen und gräbt und gräbt immerzu, findet aber freilich kein guldis Kegelspiel.

Auch keine Ruh hat er nach dem Tod mehr gefunden, und geisten muß er noch zur Stund dort und zu ewigen Zeiten graben und graben. Immer um Mitternacht wankt der Kerle, in der Hand eine Schaufel und eine Laterne, trübselig an die Arbeit und gräbt, bis es zwei schlägt, da verlöscht ihm sein Lichtlein, und was er gegraben hat, fällt wieder zusammen. (119)

Nuelen: altes Wort für „wühlen"
Wuetas: wie das Wuetas-Heer, Wilde Jagd

BREGENZ

DER KLUSHUND

Der Stücklefergger Knapp in Riefensberg ging alle Wochen von dort mit den Stückle in die Schweiz. Da stand er auch einmal um zwei Uhr früh auf und machte sich mit den Stikkereien auf den Weg nach Lindau, um dann mit dem Schiff in die Schweiz hinüber zu fahren. Es war noch dunkel, als er die Klus erreichte. Müde vom langen Wandern setzte er sich auf ein steinernes Bänkle, um etwas auszuruhen.

Bevor die Bahn von Bregenz nach Lindau gebaut war, befanden sich bekanntlich an der Klus, in den See hinein gebaut, drei kleine Anlagen an der Straße, mit steinernen Ruhebänken, die von Kastanienbäumen beschattet waren. Da gewahrte der Mann auf einer andern Bank etwas Schwarzes. Er glaubte, es sei ein Mantel und ging auf das Bänkle zu. Wie er aber nach dem vermeintlichen Mantel greifen wollte, fuhr er entsetzt zurück, denn es war ein greulicher schwarzer Hund mit mächtig großen, glühenden Augen. Jetzt spürte der Mann keine Müdigkeit mehr, er lief was er laufen konnte Lindau zu. Das war der Klushund.

Dieses Erlebnis hat der Stücklefergger Knapp sein Lebtag nicht mehr vergessen und in alten Tagen noch oft erzählt. (120)

Stücklefergger: Spediteur, Geschäftsvermittler
Klus: Quertal, Gebirgseinschnitt

BREGENZ

DER GEISTERKOPF AUF DER BETTDECKE

Ein Bregenzer, der Frau Fersemeierin ihr Vater, der viel in der Welt herumgekommen war, erreichte eines Abends auf seiner Wanderschaft im Thüringischen ein Wirtshaus und verlangte zu übernachten. Der Wirt sah ihm an, daß er ein besserer, ordentlicher Mann war und wies ihm ein hübsches Zimmer mit einem guten Bette an. Daß ein Geist im Hause umging, sagte er seinem Gaste nicht, um ihn nicht unnötig zu ängstigen, denn er hoffte, einen braven Menschen werde der Geist sicher in Ruhe lassen.

Der Mann legte sich ins Bett und schlief bald ein. Mitten in der Nacht erwachte er und sah beim Scheine des Mondes zu seinem Entsetzen einen großen Menschenkopf mit grauem Barte auf der Bettdecke liegen. Er langte nach ihm, da war er verschwunden. Gleich erschien jedoch der Kopf wieder. Abermals wollte der Mann nach ihm greifen, aber im selben Augenblick war er wieder verschwunden, und so ging's noch ein paarmal. Als die Erscheinung ausblieb, stand der Mann auf und durchsuchte das ganze Zimmer, fand aber keine Spur mehr von dem grausigen Menschenkopf.

Gerne hätte nun der Mann das Haus verlassen, aber im Hausgange lag der Wirtshund, der ihn nicht hinausließ, und so blieb ihm nichts anderes übrig, als wieder in sein unheimliches Zimmer zurückzukehren. Am Morgen klagte er dem Wirte, was ihm in der Nacht begegnet war. Dieser gab ihm viel Geld und bat ihn, er solle doch nichts von dem Spuk zu den Leuten sagen, da man sich ohnehin schon sehr vor diesem Geiste fürchte. (121)

LUSTENAU

DER EWIGE JUDE

Von Zeit zu Zeit kommt der ewig Jud ins Land, so erzählt das Volk um Lustenau. Zwar fragen die Jungen, wenn sie es von den Alten erzählen hören: „Wann ist er denn das letztemal dagewesen und wann wird er etwa wiederkommen?“ Man merkt es dann, sie möchten halt den steinalten Mann, wie er mit seinem langen weißen Bart in seiner seltsamen Tracht am Wanderstab daherläuft, auch einmal sehen. Die alten Leute, die ihn gesehen haben, entgegnen darauf: „Wann der ewig Jud wieder durch unser Dorf wandern wird, das läßt sich schwerlich sagen; denn er muß in der ganzen Welt herumlaufen, soweit es Christenmenschen gibt, zur Strafe dafür, daß er Christum von seiner Türe weggewiesen hat. Als die Juden unseren Herrn auf den Kalvarienberg führten, wollte er, ermattet von dem schweren Kreuztragen, vor der Haustüre dieses Juden ein wenig niedersitzen und ausrasten. Wie ihn aber Christus darum bat, trieb ihn der Jude unbarmherzig von der Türe weg. Darauf hat der Herr zu ihm gesagt: „Weil du mir diese Rast nicht gegönnt hast, so sollst du von der Stund an wandern, solange die Welt steht, bis zum Jüngsten Tag.“ Und noch in derselbigen Stund hat der Jude, welcher ein Schuhmacher war, sein Kind vom Arme weg und auf den Boden gestellt und ist, ohne von seinem Weibe Abschied zu nehmen, alsogleich auf und davon in die Welt hinaus und muß jetzt laufen und wandern bis zum Ende der Welt.

Der ewige Jude

Damit er aber zehren könne, so hat er immer einen Groschen im Sack, und so oft er ihn ausgibt, läuft er nur dreimal um den Tisch herum, und ein Groschen ist wieder im Sack.

Diesen Groschen wechselt er nie und verzehrt überall, wo er hinkommt, nur diesen und nicht mehr. Das letztemal, als er in Lustenau war, blieb er bei Gevatter Jokubs über Nacht. Da ist ihm denn auch, und gewiß nicht das erstemal, ein Kruzifix vorgekommen, welches die Leute, wie gebräuchlich, im Herrenwinkel aufgehängt hatten. Wie das der Jude sieht, ist er in Entsetzen und Wut verfallen. Ja, wahrlich! Die ganze große Sünde, wie er sie einmal begangen hat, muß ihm zentnerschwer auf sein Gewissen gefallen sein, sonst hätte er nie in so entsetzliche Wut kommen können, wie es dazumal geschehen ist. Endlich hat es den Juden wieder fortgetrieben auf seine ewige Wanderung, und die Leute sind gewiß von Herzen froh gewesen, wie er einmal aus der Türe draußen war. (122)

LUSTENAU

CHRISTUS AUF DER WANDERSCHAFT

Vom Säntis im Appenzellerland streckt sich ein hoher Zweig gegen das Rheintal vor, den die alten Leute in Lustenau den Kummerberg nennen. Manche geben dem ganzen Säntisstock, der lange Zeit von Schnee bedeckt ist, den gleichen Namen. In anderer Gestalt erscheint der Name auch in dieser Sage:

Christus, unser Herr, kam einmal als Pilger im Kleide eines alten Bettelmännleins auf den Berg Kamor. Zu der Zeit aber war der Berg noch schön grün und bewohnt. Der Herr kam dorthin, um die Menschen und ihre Frömmigkeit zu prüfen. Er ging von Haus zu Haus, nirgends bekam er eine Gabe. Zuletzt kam er in das Haus eines alten Ehepaares, das ihm statt Schmalz Kuhdreck in sein hingehaltenes Kübelein warf. Zur Strafe für diesen Spott verwünschte der Herr die ganze Alp, und auf einmal war sie samt Vieh und Menschen tief mit Schnee bedeckt.

Andere erzählen, Christus habe nur in einem Hause, dem letzten, eine Gabe erhalten. Es waren dort zwei alte Leute, Mann und Weib, selber recht arm, aber sie gaben ihm doch etwas von ihrem

Wenigen. Dafür ist denn auch das Paar gerettet worden beim allgemeinen Untergang. Selbst die Stelle, auf der ihr Häuschen stand, bleibt bis zum heutigen Tage ohne Schnee. (123)

LUSTENAU

DER MÄDCHENHÄNDLER

Ein gewisser J. aus Lustenau ging nach Amerika. Er soll vor zwanzig Jahren gestorben sein. T. hat ihn noch gut gekannt. In ganz Lustenau habe man ihn mit dem Spitznamen den „Weltguck" geheißen. Er kam mit viel Geld von Amerika zurück, verdient mit Sklavenhandel. Er war ledig, hat Mädchen verlockt und belogen und sie dann teuer verkauft. Er hat ihnen vom Zungenspitzchen geschnitten, damit sie nicht mehr reden können und sie nach Afrika verkauft. Als reicher Mann kam er nach Lustenau, um die alten Tage zu verbringen. Er sei lebend verfault im Bett und samt der guten Bezahlung wollte niemand ihn warten.

Wie er gestorben – oder tot war, nicht gestorben – sei ein großer schwarzer Pudelhund im Haus und ums Haus herum gelaufen. Dann habe man das Haus benedizieren müssen und den Geist hinausschwören und niemand habe mehr dort sein wollen und er sei nicht zum Hinausbringen gewesen. Dann habe einer das Haus sehr billig gekauft, habe die alte Türschwelle wegreißen lassen und etwas Hochgeweihtes darunter gelegt und die neue Schwelle darauf und jetzt könne der Pudel nicht mehr hinein. (124)

LOCHAU

DIE AUFHOCKERIN AN DER STUNDSUL

Josef Bilgeri von Lochau ging einst von Bregenz heimzu. Es regnete und vor ihm her wanderte ein Weib mit einem aufgespannten Regenschirm.

Wie er so dahinschritt, drehte sich das Weib um und wollte ihn unterstehen lassen. Er sagte aber nein, er sei den Regen schon gewöhnt. Das Weib ging dann noch bis zur Stundsul vor ihm her, wo er nach Kugelbeer abzweigte. Jetzt machte es ihn furchtbar schnaufen; er spürte auf einmal eine grausige Last auf den Schultern und konnte sie nicht abwerfen. Ganz verschwitzt und matt und müde kam er endlich nach Hause. Das Weib war gewiß eine Hexe. Was wäre dem Manne erst geschehen, wenn er mit ihr unter dem Regendach gegangen wäre! (125)

HOHENEMS

DER OBERRHEIN

Vor urdenklichen Zeiten, als Vorarlberg noch Wald und Sumpf war, sind in der Gegend des heutigen Ems und Lustenau bloß etliche zwanzig Hütten gestanden für Jäger und Fischer. Auch ein paar Grafenschlösser waren da. Da sagte einmal ein Grafensohn zu seinem Vater: „Vater, es wäre doch für unser Land viel besser, wenn ein Fluß hindurchginge." Darauf ist der Graf ins Oberland gegangen und hat den Rhein, der früher durch den Züricher See floß, durch das Vorarlbergische heruntergewiesen. Seit der Zeit tut der Strom dem Land aber fast alle Jahrzehnte großen Schaden. (126)

HOHENEMS

ARM UND REICH

Im alten Schloß zu Hohenems waren einmal zwei Heidinnen gefangen gehalten, eine reiche und eine arme, und beide sollten hingerichtet werden. Sie waren nicht zusammen in eine Zelle gesperrt, sondern die eine befand sich über der andern. Von ihrem Verließ aus konnten die beiden gerade hinabsehen ins Tal, wo der Galgen stand. Dorthin deutend rief die eine der Leidensgefährtin zu: „Siehst du die Glocken, an denen wir die Klängel abgeben müssen?"

Die Reiche aber gab zur Antwort, sie habe noch gelbe Vögel im Sack und die würden ihr schon die Freiheit wiederbringen. Das geschah denn auch. Wahrscheinlich bestach sie den Gefangenenwärter mit Gold und entkam. Die Arme aber wurde gehängt. So hat man mit Geld schon damals alles richten können. (127)

DORNBIRN

DIE STADT AM SEE

In Dornbirn hat sich eine Überlieferung erhalten, daß das erste Haus im Dorfe auf einer Anhöhe, dem Schauinger, gestanden habe. Den Fuß dieses Bühels hätten die Wellen des Bodensees bespült. Von da seien die Leute zu Schiff in die Kirche gefahren. (128)

DORNBIRN

DIE FRAU MIT DEN ROTEN HAAREN

Es war einmal in Dornbirn ein Tischler, der hatte eine junge rothaarige Frau. Die Frau erkrankte, und der Mann versprach an ihrem Bett eine Wallfahrt nach Einsiedeln, damit sie bald genese. Allein nach einigen Wochen war sie tot.

Der Tischler dachte nicht mehr seines Gelübdes, sondern freite um eine Freundin der Verstorbenen und führte sie bald zum Altare. Etwa vierzehn Tage nach der Hochzeit ging die neue Frau in ein Gemach des Erdgeschosses, um dort Hobelscheite für die Küche zu holen. Wie sie hereinkommt, sitzt ihre Vorgängerin auf den Hobelscheiten und redet die in Schrecken erstarrte Freundin mit lauter Stimme an. Ihr Mann, sagte sie, habe eine Wallfahrt nach Einsiedeln gelobt, und solange er dies Gelübde nicht erfüllt habe, könne sie keine Ruhe finden im Grab.

Am nächsten Tag um drei in der Früh war der Tischler mit

Einsiedeln,
Kupferstich von 1499

seiner Gattin schon auf dem Wege in die Schweiz, hielt am Gnadenorte seine Andacht und ließ ein paar Messen lesen. Und siehe da! Seit der Rückkehr darf die Tischlerin getrost Hobelscheite holen, die rote selige Frau läßt sich nicht mehr sehen. (129)

DORNBIRN

DIE TRUD IM SCHWABENLAND

Eine Dornbirnerin hatte einen Mann, der war Knecht bei einem großen Bauern im Schwabenland. Dessen Weib, die Bäuerin, bekam fast alle Jahre ein Kind. Dann mußte der Knecht mit dem Fuhrwerk immer die ledige Schwester der Frau holen als Taufpatin. Er merkte bald, daß er der gefalle. Da er aber nicht darauf einging, so fing sie an, ihn zu hassen und zu sekkieren. Sie blieb nach der Taufe immer noch einige Wochen bei ihrer Schwester und kam manchmal auch in die Kammer des Knechtes. Einmal sah sie dort ein Taschenmesser liegen, auf dessen Klinge drei Kreuze eingestochen waren. Sie verlangte das Messer als Geschenk, es gefalle ihr. Er aber wies sie ab und steckte das Messer ein.

Einmal kam er mit einer schweren Fuhr spät, naß und müde nach Hause und ging bald in seine Schlafkammer, die auf der Bühne war. Als er schon im Bette lag, hörte er Tritte und dachte, jetzt komme die Schwester der Frau noch und habe wahrscheinlich nichts Gutes im Sinne; er hielt sie allmählich für einen Schrättlig oder eine Trud. Sofort langte er nach seinem Messer und legte es, die Schneide aufwärts, auf seine Brust. Da tat es einen Sprung auf ihn und er fühlte eine Last, die aber gleich wieder weg war; dann hörte er wieder dieselben Tritte sich entfernen. Als er der Schwester der Frau am Morgen begegnete, wagte sie es nicht mehr, ihn anzuschauen. Er bemerkte, daß sie verbundene Hände hatte. Die Suppe trug nicht sie auf. Noch am gleichen Tage ging sie fort. (130)

DORNBIRN

EIN AUFHOCKER WALLFAHRTET

Viele Leute, die nachts von Dornbirn nach Haselstauden gingen, hörten unter dem Fischbachbrückle pfnitzen (niesen), ohne sich darum weiter zu kümmern. Endlich sagte einer der späten Wanderer: „Helf dir Gott, wenn dir zu helfen ist." Plötzlich stand ein Mann vor ihm und sprach: „Ja, mir wäre zu helfen, wenn du mit mir nach Rankweil gingest, aber heute noch." Der Wanderer erwiderte: „Ja, ich will dir helfen, weil ichs versprochen habe, obwohl ich sehr müde bin; aber zuerst muß ich heim und zunacht essen und mein Vorhaben meinem Weibe mitteilen."

Daheim bestürmte die Frau ihren Mann, das Versprechen nicht zu halten, er aber wollte sein Wort nicht brechen und ging wieder aufs Brückle, den Geist abzuholen. Dieser sprang ihm auf den Rükken und er mußte ihn so bei der Nacht bis Rankweil tragen, und zwar bis auf die Kirchentürstufen. Dort verließ ihn der Geist und sagte: „So, du hast mich erlöst und ich werde dich auch erlösen." Der Mann hatte unter der unheimlichen Bürde schwitzen müssen. Von da an war er krank und in sechs Wochen eine Leiche. Der Geist hatte in seinem Leben eine Wallfahrt nach Rankweil gelobt, aber sein feierliches Versprechen nicht gehalten. (131)

ALBERSCHWENDE

DIE MUTIGEN WÄLDERINNEN

Vor dem Schwedenkriege hatten die Kleider der Bregenzerwälderinnen dieselbe Form und Gestalt wie heutzutage, jedoch nicht dieselbe Farbe. Während sie jetzt eine glänzendschwarze und faltenreiche, bis zu den Knöcheln hinabreichende Juppe und eine kegelförmige Kappe tragen, war damals die Farbe aller Kleidungsstücke weiß.

Als sich die Schweden nach der Einnahme von Bregenz an die Eroberung des Bregenzer Waldes machen wollten und auf ihrem Zuge bereits hinter das Dorf Alberschwende gekommen waren, erblickten sie auf einmal über sich eine große Schar weißgekleideter Gestalten, die mit erhobener Waffe auf sie hinabstürzten. Die Schweden erfaßte Staunen und Schrecken, so daß sie rasch die Flucht ergriffen; sie hielten nämlich die weißen Gestalten für himmlische Wesen, die gegen sie zum Kampfe heranrückten. Es waren aber nur Frauen und Mädchen aus dem Bregenzer Walde, die, als sie von dem Anmarsche der Schweden hörten, wie Heldinnen Hauen, Picken, Sensen und Heugabeln ergriffen, den Schweden entgegenzogen und sie jetzt samt und sonders totschlugen.

Als die Bregenzerwälderinnen später vernahmen, daß sie in ihrer weißen Kleidung den schwedischen Soldaten wie himmlische Wesen vorgekommen seien, hielten sie die Sache für ein göttliches Wunder. Sie gelobten daher zum Danke, die weißen Kleider abzulegen und gegen dunklere umzutauschen, dieweil jene nur den Himmlischen gebühren. Auch sollen die Bregenzerwälderinnen wegen ihres Sieges über die Schweden das Vorrecht erhalten haben, beim Opfergang um den Kirchenaltar vor den Männern zu gehen und diesen voran mit dem Pfarrer zu beten. (132)

RANKWEIL

DER TOD DES HL. EUSEBIUS

St. Eusebius war ein geborener Schottländer und Profeß des berühmten Benediktinerstiftes St. Gallen. Seine besondere Liebe zur Einsamkeit bewog ihn, vom Abte Hartmut die Erlaubnis zu erbitten, sich ganz in eine Einöde zurückziehen zu dürfen.

Mit dem Segen des Abtes zog er dann um das Jahr 850 auf den Viktorsberg oberhalb Röthis bei Rankweil und lebte da viele Jahre verschlossen in seiner Klause. Er verließ seine Behausung nur selten, sondern belehrte und unterrichtete alle, die zu ihm wallfahrteten, aus seinem Fensterlein.

Einmal aber stieg er, Gottes Wort zu predigen, nach Prederis hinab, einem Ort, der unterhalb Rankweil im Blachfelde liegt. Als er dort seinem frommen Eifer Genüge getan, legte er sich, von der Hitze des Tages ermüdet, unter einer Linde zum Schlummer nieder. Zur selben Stunde kamen aber etliche heidnische Bauern des Weges, sahen den christlichen Feind und schnitten ihm mit der Sense das Haupt ab. Die Mörder versanken nach der Untat in die Erde, St. Eusebius aber nahm mit der Rechten sein Haupt, ging damit dreimal in die Runde und trug es dann gegen St. Viktorsberg hinaus. (133)

DAMÜLS

DER GEIST AUF DER ALPE HINTERN

Ein Senn in der Alpe Hintern, nicht weit von Damüls, hatte eine Kuh, welche ihm immer ausriß, und nur an solche Stellen hinwollte, welche recht steil und abschüssig waren. Da stieß er sie einmal im Zorne hinunter und gab dem Eigentümer vor, sie sei selbst hinab- und totgefallen. Nach seinem Tode aber mußte er geistern. Man sah ihn die Kuh zu der steilen Stelle hinauftragen und hörte ihn dabei weinen, beim Herunterwerfen aber laut auflachen. Als ihn einmal ein Alpknecht anredete und fragte, wie man ihm helfen könne, sagte er, „wenn man dem Eigentümer den Schaden ersetze.“ Dieses geschah und der Geist hatte seitdem Ruhe. (134)

BEZAU

STRAFE FÜR GEIZ

Am obern Ende des Dorfes Bezau erhebt sich mitten im Felde der sogenannte Jolerbühel. Über die Entstehung desselben wird folgendes erzählt.

Es kam einmal ein unbekannter Bettler in ein wohlhabendes Bauernhaus, das vor Zeiten an der Stelle des Hügels stand und von einem schönen Felde umgeben war, und bat den Bauer um ein Almosen. Doch dieser war geizig und hartherzig und wies dem Bettler barsch die Tür. Da drehte sich das unbekannte Männlein noch einmal um und sagte mit drohender Miene: „Warte nur, ich werde dir etwas dafür bringen." Doch der Bauer ließ sich durch diese Drohung nicht einschüchtern, sondern die Worte gingen zu einem Ohr hinein und zum andern hinaus.

Kaum aber war das Männlein aus seinen Augen verschwunden, so schwärzte sich der bisher wolkenlose Himmel. Bald hörte man vom Gebirge her, aus dem sogenannten Gräbentobel, ein fürchterliches Tosen, und ehe man sich's versah, stürzte das Wasser in Strömen aus jenem Tobel herab, führte große Steine und Tannen mit sich und überschwemmte und überschüttete damit die Felder. Und mitten in den tobenden Fluten erschien auch jenes unbekannte Männlein mit einem großen Drachen, den es an einer roten Schnur führte und blieb ober dem Hause des Bauern stehen. Der Drache stieß alle von dem Wasser herabgerollten Felsblöcke und Baumstämme mit seinem Schweife gegen das Haus desselben, so daß es mit Mann und Maus verschüttet wurde. (135)

BIZAU

DEN TEUFEL ÜBERLISTET

In Bizau lebte einmal ein Mann, der Arbeit Arbeit sein ließ, und doch war sie immer zur rechten Zeit getan. Im Herbst war das Brennholz für ihn gefällt und zum Führen zersägt, wenn er auch keinen Finger gerührt hatte. Als sich die Leute darob wie billig

Der geprellte Teufel, Kupferstich, 17. Jh.

verwunderten, fragte er sie, ob sie denn die kleinen Männlein nicht sähen, die eben den Berg herunterführen. Sie sahen nichts, aber am andern Morgen war das Holz gespalten und aufgeschichtet vor seinem Hause.

Einmal auch, als es stürmte und schneite und er Gäste hatte, fragte er sie, ob sie nicht frische Kirschen essen möchten. Als sie seine Rede für Spaß nahmen und lachten, nahm er einen Teller, öffnete das Fenster und zog ihn zum Entsetzen aller wohlgefüllt mit schwarzen Kirschen wieder herein.

Dieser Bizauer hatte nämlich in jungen Jahren mit dem Teufel eine Wette eingegangen, dabei ihn aber überlistet und dienstbar gemacht. Der Teufel gab dem Manne ein beschriebenes Blatt, das er von rückwärts lesen sollte, er durfte aber auch dem Bösen eine Aufgabe stellen. Wer von den beiden zuerst mit der Arbeit fertig wäre, hätte den andern in seiner Gewalt. Nun hatte der Bizauer dem Teufel aufgegeben, einen Sack voll Wicken, den er in der Tenne ausgestreut hatte, sauber bis auf das letzte Härchen einzusammeln. Er hatte aber einige Klümpchen Wicken in Weihwasser getaucht, diese konnte der Schwarze nun nicht anrühren und wurde so mit dem Zusammenlesen nicht fertig. Er hatte die Wette verloren und mußte dem Manne in allem seinen Willen erfüllen. (134)

FELDKIRCH

PESTDÄMONEN

Vom Liechtensteinischen kamen zwei Gespenster der Ill zu; das eine trug einen Besen, das andere eine Schaufel. Am Flusse sagte das eine zum andern: „Geh du da und schaufle da durch, und ich geh da und kehre da durch!" So teilten sie sich in die Täler.

Es war das große Sterben. Wen es nur ansah, der taumelte und ward schwarz; wer nur nieste, krankte an Fieber und fiel selbigen Tages tot auf den Boden. Am Niesen zeigte es sich, und die Leute sagten da voll Angst: „Helf Gott!" und „Helf Gott allen!"

In Feldkirch starben in einem Jahre vierhundert Menschen (1465) und der Salzmarkt konnte nicht mehr auf der Illbrücke gehalten werden, er wurde in die Tschalenga bei Bludenz verlegt. Zweihundert Jahre später, im Jahre 1647, kam die Pest mit den Schweden wieder. Da ward in der Stadt der siebte Teil der Häuser ganz leer und das Sterben hörte erst auf, als die Bürger gelobten, eine Kirche zu bauen. Es ist die Kirche Unserer lieben Frau beim Churertor. (137)

FELDKIRCH

INS TAL JOSAPHAT LADEN

Wo bei der hohen Illbrücke hinter der Heiligkreuzkapelle im Kehr verwitterte, winklige Häuser in schmalen Gäßchen stehen, wohnte vor vielen Jahren ein armes, altes Weib. Da heiratete eine hoffärtige junge Frau in die Nachbarschaft und verhöhnte die Alte so sehr, daß sie zum Kinderspott wurde.

Als die Alte eines Abends in ihren schlechten Kleidern und müde von der Arbeit heimging, geschah es, daß die Kinder sie ärger verlachten als je: „So eine noble Stadtfrau sollte einen Flor haben!" spöttelte das eine. „Und ein Halsnuster, es würde gut zum Häßwerk und den feinen Pantoffeln passen!" schrien andere. Sie lasen Geißbollen von der Straße auf, bewarfen sie damit und riefen: „Da hast die Böterle (Perlen) zum Halsnuster." Die reiche Frau aber stand unter ihrer Haustüre, sah alles mit an und stimmte mit Hohn ein in den Lärm der Kinder. Da wandte sich die Alte plötzlich mit bitterem Vorwurf nach ihr um. „Los, wir wollen einmal alles vor unserm Herrgott miteinander ausmachen." Die andere lachte noch lauter als vorher und sagte zu.

Bald darauf erkrankte das alte Weib und starb, und nur wenige Stunden nach ihr verschied unversehens auch die junge gesunde Frau. Im kleinen Heiligkreuz, wo oft lange kein Begräbnis ist, lagen zwei Leichen an einem Tage. Darob ergriff die Leute Entsetzen und schaudernd erinnerten sie sich, daß sich die beiden ins Tal Josaphat vor Gericht geladen hatten. (138)

SCHOPPERNAU

DER GESOTTENE KUHHIRT

Die Knechte der Alpe Schiedlen saßen eines Abends um das Feuer herum in der Sennhütte und erzählten abwechselnd Geistergeschichten. Einer darunter schüttelte von Zeit zu Zeit den Kopf und rief lächelnd „Bah, bah, bah! ich glaub's halt nit." „Nun, wenn du so ungläubig bist", sagten die andern, „und den Mut hast, so probier's und gehe jetzt in die obere Alpe, von der wir heute früh gezogen sind, hinauf, und hole den großen Melkkübel, der nebst dem Kessel noch oben ist, herab." Hanns ließ sich das nicht zweimal sagen, sondern nahm den Stock und verschwand bald aus ihren Augen. Von Zeit zu Zeit und in immer größerer Entfernung vernahmen die Knechte noch einen lustigen Juchzer.

Nach einer halben Stunde aber wurde alles still. Lange warteten die Knechte auf Hannsens Rückkehr; doch vergebens. Endlich legten sie sich ins Heu. Aber auch am andern Morgen war von Hanns nichts zu sehen und zu hören. Dieses kam den Knechten etwas sonderbar vor, und sie ahnten nichts Gutes. Es gingen daher zwei von ihnen auf die etwa eine halbe Stunde weiter oben gelegene Alpe hinauf, öffneten die Türe, suchten und schrieen nach Hannsen. Endlich fanden sie ihn tot im Kessel liegen. Seine Haut war ganz verbrüht und abgesotten. So verfuhren mit ihm die Geister, die er übermütig in ihrem Treiben gestört und belauscht hatte. (139)

SCHOPPERNAU

DER SCHLANGENBANNER

Vor nicht gar langer Zeit waren auf der Alpe Schadenna sehr viele Nattern, vor welchen die Alpenknechte, obwohl ihnen kein Leid geschah, dennoch große Furcht hatten, und daher nichts sehnlicher wünschten, als endlich einmal diese Tiere los zu werden.

Da kam einmal ein unbekanntes Männchen in die Hütte, um zu übernachten. Während des Abendessens war wieder die Rede von den Nattern. Als das Männchen die Knechte so jammern und klagen hörte, fragte es sie, ob sie auch eine weiße Natter in der Alpe gesehen hätten. Da sie dieses verneinten, so sagte es: „Nun, dann kann ich helfen. Traget einen großen Haufen Tannenreiser zusammen, und das andere überlasset mir.“ Gesagt, getan.

Als der Haufen groß genug war, zündete das Männlein die Tannenreiser an, nahm ein Buch aus der Tasche hervor und murmelte Gebete aus demselben. Und siehe! Von allen Ecken und Enden der Alpe schossen Nattern herbei und mitten ins Feuer hinein. Aber plötzlich vernahm man einen Pfiff, und schon im nächsten Augenblicke schoß ihm eine weiße Natter durch die Brust und von da ins Feuer. Von jener Zeit gibt es auf der Alpe keine Nattern mehr, aber auf diesem Platze, wo dieselben verbrannten, wächst auch kein Gras mehr. (140)

St. Gallen, das St. Galler Land und Toggenburg

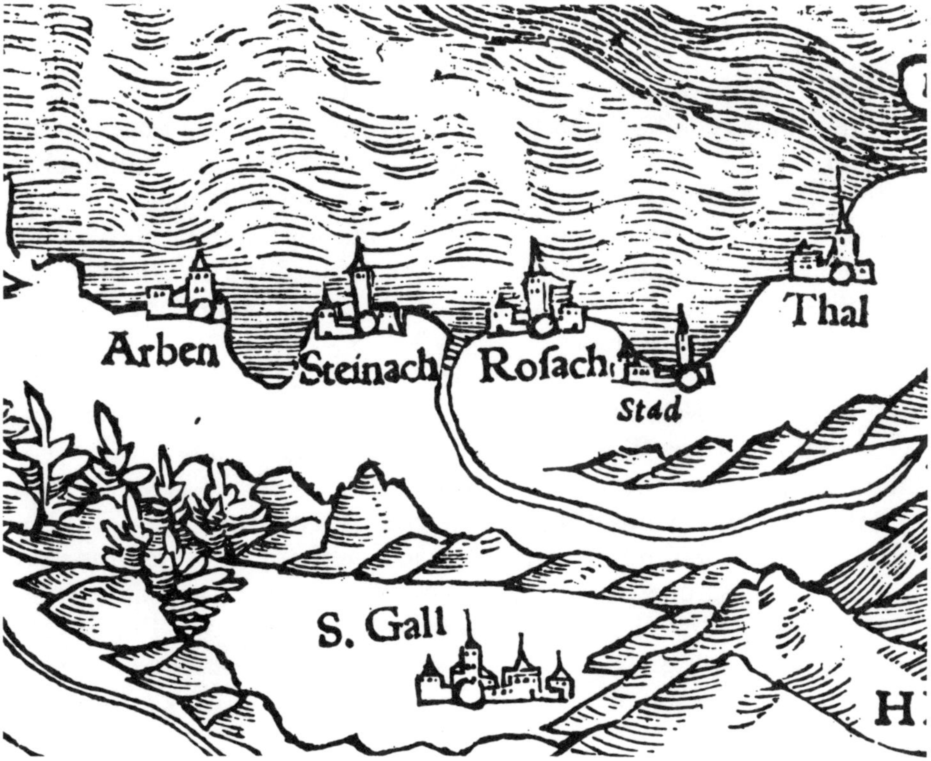

Der Bodensee und das St. Galler Land,
Ausschnitt aus der Karte von Sebastian Münster, um 1540

DER HL. GALLUS

Der hl. Gallus, der erste Abt von St. Gallen, wurde in Irland geboren und dem hl. Columban zur Erziehung übergeben. Mit ihm reiste er nach Gallien und kam um 610 an den oberen Zürichsee, von wo sie vertrieben wurden und an den Bodensee kamen.

Als Columban sich zur Abreise nach Italien bereitete, erkrankte Gallus an einem heftigen Fieber und erklärte zu den Füßen seines Meisters, daß er nicht im Stande sei, den weiten Weg mitzumachen; Columban aber glaubte, Gallus habe den bisherigen Ort zu lieb gewonnen, um ihn verlassen zu wollen, und sprach in hohem Ernste: „Ich weiß Bruder, daß es dir lästig ist, solche Mühe zu übernehmen, deshalb bleibe hier, aber das sage ich dir, so lange ich lebe, sollst du nie mehr eine Messe feiern."

Nach der Abreise seines Meisters und seiner Freunde schiffte Gallus, allein gelassen im fremden Lande, westlich hinüber nach Arbon zum Pfarrer Willimar, erzählte ihm unter Tränen, was vorgefallen war, machte ihn mit der Beschaffenheit seiner Krankheit bekannt und bat ihn um Pflege. Mit aller Liebe nahm der Arboner Seelsorger den schon früher Hochgeachteten auf, wies ihm ein Haus nahe bei der Kirche an und gab ihm zwei seiner Kleriker bei, Magnus und Theodor, die den Kranken pflegen und mit aller Sorgfalt seiner warten sollten. Bald erholte sich Gallus von seiner Krankheit, und er dachte an die Wahl eines Ortes für seine künftige Niederlassung.

Nun lebte bei Willimar ein Diakon namens Hiltibold, der alle Wege und Plätze der Berg- und Waldgegend kannte, denn er war ein Fischer und Vogelsteller und durchstreifte deshalb häufig die Einöden. Von ihm geleitet, suchte jetzt Gallus einen passenden Platz für eine Zelle, und nachdem sie fast einen ganzen Tag vergebens umhergeirrt, kamen sie endlich an das Flüßchen Steinach, fingen darin Fische, und der Diakon begann sie zu backen. Gallus ging seitwärts, um zu beten, blieb aber in einem Dorngesträuch hängen und fiel zur Erde. Dies betrachtete er als einen Wink Gottes, hier seine künftige Wohnung aufzuschlagen, machte aus zwei Hölzern ein Kreuz, steckte es in die Erde, hing einige Reliquien der heiligen Mauritius, Desiderius und andere mehr daran, die er bei sich trug, warf sich mit seinem Begleiter vor demselben nieder und betete zu Gott um Segen für sein Unternehmen. Hierauf genossen sie gemeinsam das Mahl, legten sich dann neben einem Feuer zur Erde und schliefen. (141)

ST. GALLEN

GALLUS VERTREIBT DIE DÄMONEN

Als Gallus von den Ufern des Bodensees aufbrach, um in der Wildnis eine letzte Bleibe zu finden, begleitete ihn der Arboner Diakon Hiltibold. Auf Geheiß von Gallus versuchte dieser, in einem Strudel Fische zu fangen. Als er seine Netze auswerfen wollte, erschienen ihm zwei Dämonen in Frauengestalt. Sie waren nackt und standen am Ufer, geradeso, als ob sie ein Bad nehmen wollten. Schamlos zeigten sie ihm ihre Körper, warfen Steine nach ihm und riefen ihm zu: „Du hast diesen Menschen hier in die Einsamkeit geführt, diesen Mann, der uns übel will und uns nachstellt, der uns in all unseren bösen Taten zuvorkommt." Als Hiltibold das gehört hatte, lief er rasch zurück und erzählte Gallus das Erlebnis.

Dieser sprach: „Herr Jesus Christus, befiehl den Dämonen, diesen Ort zu verlassen; denn er soll zur Ehre deines Namens geheiligt sein." Als sie dann zum Strudel gekommen waren, sahen sie, wie die Dämonen im Flußlauf davonliefen, bis auf den Gipfel des Berges. Da sagte Gallus: „Im Namen des Vaters, des Sohnes und des Hl. Geistes befehle ich euch Trugbildern, verschwindet von diesem Ort und zieht euch in die Wildnis zurück." Dann warfen sie das Netz aus und fingen eine Menge Fische. Doch der alte Feind mit seiner List kam nochmal. Während sie die Fische herauszogen, hörten sie auf dem Berggipfel Stimmen wie von zwei Frauen, die über ihre toten Angehörigen weinten und dabei klagten: „Was sollen wir machen? Wohin sollen wir gehen? Dieser fremde Mann läßt uns nicht mehr unter Menschen, noch in der Wildnis leben." Als Hiltibold nachher Habichte fangen wollte, hörte er die Dämonen dreimal vom Himilinberg herab ihn laut fragen, ob Gallus noch in der Einöde sei oder sich wieder entfernt habe.

Nach etlicher Zeit senkte der von Gott erwählte Gallus die Netze in das klare Wasser. Dabei hörte er einmal einen Dämon von der Bergspitze herab nach seinem Gefährten im tiefen See rufen. Als dieser sich meldete: „Hier bin ich", rief ihm der Berggeist zu: „Komm mir zu Hilfe. Fremde sind gekommen und haben mich vertrieben. Sie haben die Götzenbilder zerschlagen und die Leute zu ihrem Glauben bekehrt. Komm, hilf mir, sie aus dem Land zu vertreiben." Der Wassergeist antwortete ihm darauf: „Einer von ihnen ist auf dem See; dem kann ich niemals schaden. Ich sollte seine Netze zerreißen, doch siehe, wie traurig ich bin, da ich besiegt wurde. Er ist stets mit dem Zeichen des Gebetes bewaffnet und wird selbst vom Schlaf nie überwunden." Als Gallus dies hörte, schlug er nach allen Seiten das Zeichen des Kreuzes und sprach zu den Geistern: „Im Namen Jesu Christi gebiete ich euch, verschwindet aus dieser Gegend, und wagt niemandem mehr Schaden zuzufügen."

Dann ging er ans Ufer zurück und erzählte dem Abte alles, was er gehört hatte. Als Columban das vernommen hatte, rief er die Brüder mit dem Glockenzeichen in die Kirche. Noch ehe die Knechte Gottes ihr Gebet begannen, vernahm man die Stimme der Geister, die sich heulend und klagend von den Berggipfeln hören ließen. Mit Jammern verzog sich der Teufel, während sich das Gebet der Brüder an den Herrn wandte. (142)

ST. GALLEN

GALLUS UND DER BÄR

Hiltibold warnt Gallus vor den Gefahren der Wälder: „Mein Vater, die Einsamkeit ist rauh hier und voller Wasser. Es gibt in ihr hohe Berge und tiefe Täler, dazu vielerlei wilde Tiere, Bären, Rudel von Wölfen und Schweinen. Ich fürchte, sie möchten über dich herfallen, wenn ich dich dorthin bringe." Doch Gallus antwortete: „Wenn Gott für uns ist, wer ist dann gegen uns? Der den Daniel aus der Löwengrube befreit hat, ist mächtig genug, mich aus den Klauen der wilden Tiere zu retten." Da Hiltibold seine Festigkeit sah, erwiderte er: „Morgen wollen wir in den tiefen Wald vordringen und schauen, ob wir einen passenden Platz finden."

Der hl. Gallus zähmt den Bären, Holzschnitt von 1385

Sie trieben die schon müden Glieder wieder an und kamen an einen kleinen Fluß namens Steinach. Dort fanden sie eine Ruhestätte für die Nacht und eine Menge Fische. Sie kamen nämlich dahin, wo das Flüßchen vom Berg herabstürzt und den Fels ausgehöhlt hatte. Sie warfen das mitgebrachte Netzt aus und fingen gar nicht wenige Fische. Hiltibold schlug Feuer aus dem Stein, und dann wurde die Mahlzeit bereitet. Zwischendurch suchte Gallus einen Platz zum Beten. Dabei stieß er mit seinem Fuß an einen Dornstrauch und fiel nieder. Als Hiltibold ihm aufhelfen wollte, hörte er ihn sagen: „Laß mich, das ist mein Ruheplatz in alle Ewigkeit; hier will ich wohnen, denn diesen Platz habe ich ausgewählt.“ Dann erhob sich Gallus vom Gebet. Aus einer Haselrute machte er ein Kreuz. Daran hängte er eine Kapsel mit Reliquien der hl. Jungfrau, des hl. Desiderius und des berühmten Heerführers Mauritius auf.

Als sie sich zur Ruhe hingelegt hatten, stand der Mann Gottes leise auf und betete vor jener Reliquienkapsel. Da kam ein Bär vom Berg herab und fraß die Reste der Mahlzeit auf. Gallus sprach zu ihm: „Bestie, ich befehle dir im Namen Jesu Christi, lies Holz auf und wirf es ins Feuer.“ Sofort drehte sich der Bär um, trug ein großes Stück Holz herbei und warf es ins Feuer. Der Mann Gottes gab ihm zum Lohn für seine Arbeit ein Stück Brot und befahl ihm dann: „Im Namen meines Herrn Jesus Christus, verlaß dieses Tal. Du hast für dich die Berge und die Hügel, die niemand gehören, doch hier sollst du weder Tier noch Mensch verletzen.“ Als sein Begleiter all das mitangesehen hatte, stand er auf, warf sich ihm zu Füßen und sagte: „Jetzt weiß ich, daß der Herr mit dir ist, denn selbst die wilden Tiere dieser Einöde gehorchen dir.“ (143)

ST. GALLEN

NOTKER DER STAMMLER UND DER TEUFEL

Als es Notker, der Mönch, einst unterlassen hatte, die Non zu halten, hat er in der Kirche den Teufel auf einem Ballen sitzen und etwas auf ein Brett schreiben gesehen. Notker fragte den Teufel, was er da schreibe. Dieser antwortete: „Ich zeichne die Non an, die heut von dir unterlassen worden.“ Als aber Notker alsbald die Non zu singen anhub, strich der Teufel das von ihm Geschriebene durch und warf das Brett herunter. Da floh Notker. Der Teufel aber lachte und sprach: „Ich habe wohl gedacht, daß du vor mir aufstehen wirst.“ Als der Maler Tutilo das Geräusch hörte, lief er in die Kirche und rief Notker zu: „Du und deine Poltergeister machen den Brüdern viel Unruh'.“ Man erzählte auch, der Satan sei ihnen zuweilen als Frosch, Schwein und dergleichen erschienen. (144)

BRUDER HERIBALD UND DIE UNGARN

Die Ungarn fielen, als sie von der Schwäche und dem Ungemach des Deutschen Reiches erfahren hatten, wütend in Bayern ein und drangen verwüstend nach Alemannien vor. Der Abt Engelbert von St. Gallen war eifrig bemüht, das Kloster zu schützen. Er hieß die kräftigeren der Brüder die Waffen ergreifen und zog selbst daher wie ein Riese des Herrn, mit einem Panzer angetan, über dem Kutte und Stola hingen.

Die Ungarn kamen scharenweise und warfen sich auf die Städte und Siedlungen. Unter den St. Galler Mönchen befand sich ein sehr einfältiger und närrischer Bruder mit Namen Heribald, dessen Worte und Taten oft belacht wurden. Als die übrigen flohen, blieb er zurück. Die köchertragenden Feinde drangen in das Kloster ein und fanden den unerschrockenen Heribald in der Mitte stehend. Sie fragten ihn aus, ließen ihn aber am Leben, als sie merkten, daß er ein Ungeheuer von Narrheit war. Vor allen Dingen erkundigten sie sich, wo der Schatz des Klosters sich befände; aber in der Schatzkammer war nichts Goldenes mehr vorhanden. Zwei Ungarn stiegen auf den Kirchturm, um den Hahn zu stehlen, den sie aus Gold gemacht wähnten, in der Meinung, der sogenannte Gott des Ortes könne nur aus einem edlen Metall gegossen sein. Beide stürzten ab, der eine, als er mit seinem Speer nach dem Hahn schlug, der andere, weil er sich auf den Rand gesetzt hatte, um seinen Leib zu leeren. Die beiden toten Ungarn wurden von ihren Genossen zwischen den Pfosten der Türflügel verbrannt.

Im Keller waren zwei Fässer Wein zurückgeblieben, aber die Feinde öffneten sie nicht; denn Heribald rief, als einer von ihnen mit geschwungener Axt eines der Faßbänder aufhauen wollte: „Laß sein, guter Mann, was willst du, daß wir trinken sollen, wenn ihr wieder fortgegangen sein werdet!“, und so wurden die Fässer geschont. Später ließen sich die Feinde auf dem Hofe des Klosters nieder und schmausten, und auch Heribald durfte sich sättigen und aß mehr als jemals sonst. Als sie sich durch den ungemischten Wein warm getrunken hatten, schrieen sie in entsetzlicher Weise zu ihren Göttern. Einen gefangenen Priester zwangen sie nebst Heribald, das gleiche zu tun. Die beiden sangen ihr lateinisches Lied und erregten damit solches Aufsehen, daß die Ungarn bei dem ungewohnten Gesange zusammenkamen und vor ihren Fürsten zu tanzen anfingen.

Endlich zogen die Feinde wieder ab und die geflüchteten Brüder kamen vorsichtig zurück. Der gefangene Priester und Heribald hatten sich beim Fortzuge der Ungarn entfernt und hielten sich verborgen. Der Abt Engelbert wunderte sich darüber, daß die Weingefäße unbeschädigt geblieben waren und erfuhr von dem endlich anlangenden Heribald die Ursache davon. Als sie ihn fragten, wie ihm die zahlreichen Gäste des heiligen Gallus gefallen hätten, berichtete dieser: „Ei, zum besten! Niemals erinnere ich mich, glaubt mir, fröhlichere Leute im Innern unseres Klosters gesehen zu haben; denn auch Speise und Trank schenkten sie sehr reichlich. Was ich vorher von unserm sehr zurückhaltenden Kellermeister kaum erbitten konnte, daß er mich wenigstens einmal, wenn mich dürstete, mit Getränk versehe, davon gaben mir diese, wenn ich bat, im Überfluß.“ (145)

ST. GALLEN

DAS GERETTETE WEINFASS

In der stattlichen Abtei St. Gallen war große Sorge um den lieben Wein. Es war eben ein durstiges Jahr gewesen und lange Jahre nichts Erkleckliches nachgewachsen; nur noch zwei Ohmfässer lagerten voll in dem großen Abtei-Keller, die reichten voraussichtlich nicht mehr weit, und dann wäre den frommen Vätern eine weinlose, schier schreckliche Zeit gekommen.

Da wendete Gott das Herz eines frommen und heiligen Mannes, des Bischofs Adalrich in der alten Stadt Augsburg, daß er den nicht weniger frommen Vätern zu St. Gallen ein ganzes Stückfaß voll Wein in ihre Abtei verehrte. Nun kam aber die Nachricht nach St. Gallen, das Faß sei unterwegs im Rhein ertrunken, der Fuhrmann habe auf der steilen Brücke über den Fluß in der Nähe des Bodensees die Pferde allzu hart angetrieben; da sei die Achse gebrochen und das Faß hinab in den Strudel gestürzt.

Ohne Säumen berief der Abt den Konvent, und bald wallte

eine lange Prozession mit Kreuz und Kirchenfahnen und Heiligenbildern von St. Gallen herab, sang und betete und kniete am Strudel, und die Küfer des Klosters suchten mit Stricken das Faß zu fangen, das glücklicherweise noch unversehrt war und im Strudel tanzte. Wäre der Strudel nicht gewesen, so wäre das Stückfaß längst in den Bodensee geflossen, und ward allda ersichtlich, wozu manchmal ein Strudel gut ist. Nach mancher Mühe gelang es unter Gebet und Fürbitte der lieben Gottesheiligen, das Stückfaß an den Strand zu ziehen, und nun wurde es bekränzt und im Triumph nach der Abtei geführt, wo ein Dankfest mit einem Te Deum laudamus und vielen Trankopfern gefeiert wurde. (146)

ST. GALLEN

DIE KLAUSNERIN WIBORADA

Als der Erbauer der St. Magnuskirche, Bischof Salomon, einst von seinem Bischofssitze Konstanz aus einen Besuch im Galluskloster machte, brachte er eine durch ihre Tugenden bekannte Jungfrau namens Wiborada mit sich. Nachdem dann bei einer gewissen, auf dem Berg gelegenen Zelle, neben der Kirche des hl. Georg (dem jetzigen St. Georgen), ein kleines Häuschen errichtet worden war, blieb sie da beinahe vier Jahre, indem sie in so großer Enthaltsamkeit von Speise und Trank sich einschränkte, daß kaum jemand es dem Erzähler zu glauben vermag. Denn während sie beständig, bei Nacht und bei Tag, in der Kirche verblieb, verharrte sie in Gebet und Nachtwachen unter unermüdlichem Anflehen der göttlichen Liebe, so daß sie niemals jenes kleine Haus betrat, außer selten in unvermeidlichen Fällen, sei es, daß sie etwas Schlaf genießen, sei es, daß sie dazwischen einmal nach drei Tagen den nüchternen Leib erfrischen wollte. In diesen Übungen Gott dienend und von Tag zu Tag in verdoppeltem Fasten den zarten Körper züchtigend, lebte sie allein im Geiste, während die Glieder verfielen.

Der Wiborada genügten aber diese Selbstpeinigungen noch nicht. Sie begehrte danach, in einer kleinen Behausung, welche für sie dicht an der St. Magnuskriche (in der nordöstlichen Ecke) errichtet worden war, eingeschlossen zu werden. Als der ehrwürdige

Bischof von neuem zum Kloster kam, befahl er, da die kleine Klause, nach welcher sie in ihrem ganzen Leben dürstete, schon bereit gemacht war, unter Entsendung einiger Mönche, daß sie zu ihm geführt werde, und indem der Bischof sie mit wenigen Worten beehrte und segnete, verschloß er die Klause. Das geschah im Jahre 916. Eine Türe hatte die Klause nicht; nur durch das Fensterchen verkehrte die Eingeschlossene mit der Außenwelt. Ein aus Tierhaaren geflochtenes, sehr rauhes Gewand hüllte ihre Glieder ein; eine eiserne Kette trug sie anstatt eines Gürtels.

Im Frühjahr 926 drangen die Ungarn bis in unsere Gegenden vor. Unter ihrem Abt Engilbert hatten die Brüder des hl. Gallus auf einer Halbinsel an der Sitter einen sichern Zufluchtsort gefunden. Man mahnte auch die Klausnerin Wiborada zur Flucht; sie aber wollte davon nichts wissen. Ihr eigener Bruder, der schon betagte Mönch Hitto rettete sich auf ihre Bitten in den nächsten Wald. Sie allein blieb zurück und fand den Tod. (147)

ST. GALLEN

LEGENDE VON ST. OTMAR

Der hl. Otmar aus alemannischem Hause war Abt des Klosters St. Gallen. Unter König Pipin gerieten Warin und Rudhard, beide Gaugrafen der Seegegend, mit den Mönchen von St. Gallen über Güterbesitz in Streit, und als Abt Otmar sie am Hofe des Königs verklagen wollte, schickten sie ihm Kriegsleute nach, die den Heiligen gebunden zurückführten. Auf ihr Betreiben berief der dem Abt neidisch gesinnte Bischof Sidonius eine Versammlung. Ein verworfener Mönch, Lambert mit Namen, trat hier auf und beschuldigte Otmar eines sträflichen Umgangs. Der Heilige schwieg zuerst auf diese Anklage; endlich, von den meisten gedrängt, sich zu verteidigen, rief er Gott zum Zeugen seiner Unschuld an, weigerte sich aber, menschlichen Richtern Rede zu stehen, deren Bosheit er wohl erkannte. Jenen Lambert erreichte bald die göttliche Strafe; ein Fieber zog seine Glieder so zusammen, daß er den Kopf wie ein unvernünftiges Tier fast bis auf den Boden hing. Aber obwohl er selbst mit lauter Stimme verkündete, daß er an dem Hei-

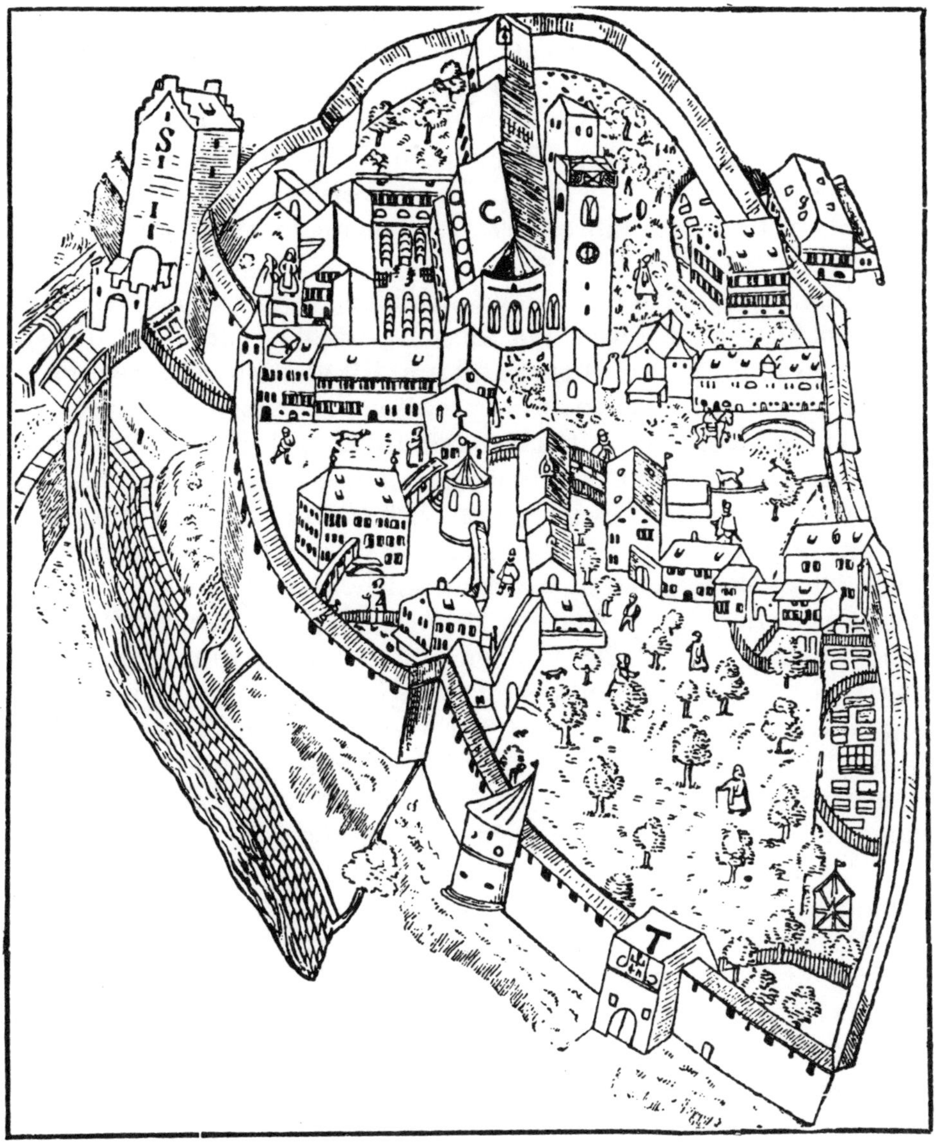

Älteste Ansicht des Klosters St. Gallen, Holzschnitt von 1596

ligen gesündigt, wurde Otmar von der Synode verurteilt und in die Pfalz bei Bodman eingekerkert. Niemand durfte ihn besuchen oder mit ihm reden; so brachte er einige Tage ohne alle Nahrung zu.

Späterhin erwirkte Gozbert, ein angesehener Mann, daß die Grafen ihm den Gefangenen übergaben. Er brachte ihn auf eine Rheininsel, gegenüber dem Ort Stein. Dort starb der Heilige bald hernach zu Ende des Jahres 759. Der Leichnam wurde auf der Insel beerdigt.

Zehn Jahre nach dem Tod des heiligen Abtes wurden die Brüder von St. Gallen durch ein Gesicht ermahnt, den ehrwürdigen Leichnam in ihr Kloster heimzuführen. Elf von ihnen kamen nachts auf die Rheininsel. Als sie das Grab öffneten, fanden sie den Körper frei von aller Verwesung, nur daß der äußerste Teil eines Fußes, den das Wasser bespült hatte, mißfarbig und geschwunden erschien. Die Brüder brachten die Leiche auf das Schiff und zündeten Wachskerzen an, eine zum Haupt und eine zu den Füßen. Eifrigst ruderten sie dann dahin, als Regen und Wind mit solcher Gewalt losbrachen, daß die im Schifflein kaum Rettung zu finden hofften. Aber durch göttliche Fügung hingen die Wolken ringsum über ihnen, ohne ihre Fahrt zu hemmen. Wohin der Nachen kam, wurden die wogenden Fluten von ihm niedergedrückt. Die Wassermassen, Regengüsse und Windwirbel umgürteten das Fahrzeug wie ein Zaun, so daß nicht ein Regentropfen hinein fiel. Selbst die zu Haupt und Füßen des Leichnams aufgestellten Kerzen leuchteten beständig fort.

Als die Brüder, von angestrengtem Rudern ermüdet, zur Imbißstunde sich niedersetzten und auch einen Labetrunk einnehmen wollten, meldete einer der Brüder, daß nur der Inhalt einer kleinen Flasche übrig sei, doch werde es kaum reichen, daß jeder davon koste, viel weniger seinen Durst damit lösche. Die Brüder ließen das Wenige unter allen friedlich verteilen, und wunderbar begann in dem kleinen Gefäß der Vorrat so zu wachsen, daß, soviel sie auch tranken, der Inhalt nicht abnahm, bis die Trinkenden selbst des Becherfüllens übergenug hatten. Darum dankten sie dem Geber alles Guten, der ihnen so wunderbar Überfluß dargereicht hatte, mit lautem Preis. Als sie wieder weiterfuhren, was das Fläschchen versiegt. Mit Jubel verkündeten sie bei der Landung, was sich begeben hatte, und trugen den heiligen Leichnam unter großen Ehren bis ins Kloster und legten ihn vor dem Altar Johannes des Täufers in einen Sarg, wo er sich später durch viele Wunder kundtat. (148)

<u>ST. GALLEN</u>

DIE WETTE

In später Abendstunde saßen einst in einer Dorfwirtschaft noch Gäste beisammen und unterhielten sich mit Geistergeschichten. Der eine meinte, es wäre nicht geheuer, um die Mitternacht auf dem Friedhof zu weilen, und ein anderer machte die Wette, es hätte keiner den Mut, in der Geisterstunde Nägel in die Kirchentüre zu schlagen. Die Wirtstochter, ein gar lustiges, munteres Ding, lachte über die kleinmütigen Männer und meinte, das wäre ihr ein Spaß, das Verlangte auszuführen, und als die Gäste zweifelten, ergriff sie punkt zwölf Uhr Hammer und Nägel und lief zur Türe hinaus, der Kirche zu.

Die Gäste erwarteten sie mit Bangen zurück, und als eine gar zu lange Frist verstrich, ohne daß sie erschien, gingen sie in Ängsten, nachzusehen. Da lag das Mädchen ausgestreckt bei der Kirchentüre, und ein Stück seines Schürzchens sahen sie an einem der eingeschlagenen Nägel haften.

Als das Mädchen aus der Ohnmacht erwachte, gestand es, daß es mit einigem Grauen an die Türe herangetreten sei. Und als sie, von dem dumpfen Dröhnen ergriffen, sich beeilt habe, den letzten Nagel einzuschlagen und sich zu entfernen, sei urplötzlich aus der Türe eine Hand erschienen, die sie zu packen suchte. Darüber sei sie vor Schreck bewußtslos geworden. (149)

<u>ST. GALLEN</u>

DIE WILDENBURG

Im Kanton Sankt Gallen, am Wege nach Gams hinaus, liegen einsam, von den schönsten Tannenbäumen umzäunt, auf würfelförmigem Kalkfelsen die Überreste der Wildenburg, aus welcher ein viereckiger, etliche dreißig Fuß hoher Turm hervorragt.

Auf Wildenburg liegen ungeheure Schätze in Schutt und Sand verborgen, welche von zehn der häßlichsten Kobolde und Gnomen gehütet werden. Diese bösen Geister sollen die Zwingherren sein, welche zum Schrecken des Volks auf der wilden Burg wohnten, und die nun zur ewigen Strafe, Tyrannen zur warnenden Lehre, in den schrecklichsten Gestalten ihr zusammengestohlenes Gut Tag und Nacht bewachen müssen.

Um Mitternacht, wenn kein Sternchen glimmt, kriechen sie aus ihren Höhlen hervor, springen umher, leuchtend wie Irrwische, raufen sich die Haare und toben und heulen, daß es den Leuten in der Nachbarschaft durch Mark und Bein geht und die Alpen erschüttert. Zu gewissen Zeiten ändern sie die Gestalt. Das eine dieser Ungeheuer ist jung und frisch, das andere alt und kränklich und ein drittes schwarz. Bald erscheinen sie als Riesen, bald als Zwerge mit Hökkern, zuweilen als Hunde, Katzen, Schweine und Böcke. Wenn die Quatember- oder andere heilige Zeiten nahen, spuken sie in der Gegend weit umher. (150)

ST. GALLEN

PARACELSUS UND DER SPIELMANN

Auf einer großen Versammlung der Schweizer Kantone in Baden sollten an einem gewissen Tag die Abgeordneten der dreizehn eidgenössischen Orte in dem Herrenhof prächtig bewirtet werden. N. Steuchler, ein Spielmann zu St. Gallen, kam an demselben Tag in Sankt Gallen auf die Brücke am Multertor; da fand er nebst mehreren Bürgern auch den hochberühmten Theophrastus Paracelsus auf einer Bank sitzen und redete ihn folgendermaßen an: „Nun werden die Herren Gesandten sich zu Baden im Herrenhof lustig machen; denn ich habe gehört, sie halten heute da eine prächtige Mahlzeit. Wäre ich nun dort, ich könnte mir mit meinem Spiel einen schönen Stüber verdienen.“

Darauf sprach Paracelsus: „Habt Ihr Lust, ein gut Trinkgeld da zu gewinnen, dann geht und zieht andere Kleider an, nehmt Eure Flöte und kommt wieder her, und ich will Euch ein Pferd besorgen, auf dem Ihr binnen einer halben Stunde in Baden seid.“ „Herr Theophrastus“, antwortete Steuchler, „ich weiß, daß Ihr mehr versteht als andere Leute; ich will denn gehen und tun, wie Ihr gesagt.“ Er ging flugs nach Hause, kleidete sich um und kam bald zurück an das Multertor, wo ihn Paracelsus erwartete. „Geh nun", sprach dieser zu ihm, „nach der Spießhütte, da findest du ein weißes Pferd gesattelt. Setze dich darauf und reite damit hin, aber sieh wohl zu, daß du nicht sprichst, ehe du wieder abgesessen bist, dann siehst du binnen einer halben Stunde Baden."

Steuchler bedankte sich, ging nach der Spießhütte und fand das Pferd wirklich dort, band es los, setzte sich darauf und fuhr durch die Luft hin, kam auch in einer halben Stunde zu Baden an, welches doch sechzehn tüchtige Stunden von Sankt Gallen entlegen ist. Gleich am Schloß ließ das Pferd sich nieder, er sprang ab und es verschwand. Zur Stunde begab er sich in den Herrenhof und spielte vor dem Gesandten von Sankt Gallen sehr kunstvoll auf seiner Flöte. Als der Gesandte ihn sah, fragte er ihn barsch: „Welcher Teufel hat dich denn hierher getragen?" Steuchler antwortete: „Ja, Herr, der lebendige Teufel und kein andrer Heiliger", und erzählte alles, was ihm begegnet war, fügte aber hinzu: „Gott behüte und bewahre mich, daß ich nie wieder ein solch Pferd besteige." Der Gesandte merkte die Zeit an, wo er Steuchler in Baden gesehen und fragte später in Sankt Gallen, wann er noch da gesehen worden, befand dann auch, daß er nicht mehr und nicht minder Zeit gebraucht zu der Fahrt als eine halbe Stunde. (151)

DIEPOLDSAU

DIE TEUFELSBRÜCKE

Wer von Diepoldsau nach Balgach ging, kam im Krummensee zur Teufelsbrücke, die über den Graben führte, wo heute der Kanal ist. Dort war es ehedem nicht geheuer. Wanderer wurden oft irre geleitet, stürzten kopfüber in den Graben und fanden nur mit Not den Weg wieder. Wer mit einem Fuhrwerk die Brücke passieren wollte, konnte die Pferde oft nicht mehr weiterbringen, bis er dreimal mit der Peitsche das Kreuz über ihnen schlug. Dann ging es in sausendem Galopp weiter. Auf dieser Brükke hat einst ein Jüngling für drei Tage die Sprache verloren. Das erste Wort, das er nachher wieder sprechen konnte, war dasselbe, das er in seinem letzten Abendgebet falsch gesprochen hatte. (152)

ST. MARGARETHEN

DER GALLENBRUNNEN

Der hl. Gallus kam einst auf seiner Wanderung durch die Rheingaue auch in unsere Gegend. Er war von der weiten Reise ermüdet, setzte sich hin und labte sich an einem kühlen Trunk, der frisch aus der Erde hervorquoll. Mit innigem Dank gegen Gott segnete er die Quelle, daß sie stets reichlich fließen und andere in gleicher Weise erquicken möge. Das Brünnlein hieß von der Zeit an der Gallenbrunnen. Du findest ihn in der Nähe der Landstraße St. Margrethen-Rheineck. (153)

RORSCHACH

EIN TURM MIT GOLD GEFÜLLT

Die Gier nach Besitz war das Erbübel der Mötteli von Rappenstein. Diese Familie, die aus Ravensburg stammte, hatte ein riesiges Vermögen zusammengerafft, Schlösser und Adelstitel gekauft und im Thurgau einen ausgedehnten Herrschaftsbesitz erworben. Von einigen ihrer Schlösser erzählte das Volk Wunderdinge. In Sulzberg, dem uralten Stammsitz ob Rorschach, hätten sie einen großen Turm mit Gold gefüllt und es mit Eimern, wie aus einem Sodbrunnen, heraufgezogen. (154)

STEINACH

DER TOD DES ZWINGHERRN

Bei Arbon und seiner hohen Burg darüber, in welcher der unglückliche Königssohn Konradin seine Jugend verlebte, längs dem Bodensee und dem Städtchen Rorschach zu, oberhalb des Dorfes Steinach, erblickt man am Rand des Bergrückens gegen den See hin einen grauen Turm mit breitem Überbau, der wie ein Riesenhut auf dem weiten Mauerstock sitzt. Es ist die Burg Steinach oder, nach dem Volksmund, die Steiner- oder Stauerburg.

Auf dieser alten Burg lebte Anfang des 12. Jahrhunderts der bekannte Dichter der Ritterzeit, Blikker (Bligger) von Steinach, als Stammherr. Die Burg sank in späteren Zeiten in Ruinen; von ihren Mauern und Doppelgraben ist wenig mehr übrig; nur der altertümliche Turm steht noch.

Der letzte Burgmann von Steinach lebte als rauher gefühlloser Herrscher einsam auf seiner Burg. Die Untertanen erschraken, wenn der Zwingherr aus seiner Festung trat; denn ohne Erbarmen und aufs Härteste züchtigte er die, welche ihm nicht gefielen oder seinen Befehlen ungehorsam waren. Sein Herz verschloß sich vollends, als eine bittere Fehde zwischen ihm und dem Herrn von Wartensee ausbrach. Mit kaltem Blut verbrannte er die Dörfer und Höfe und erschlug die Leibeigenen und Knechte seines Feindes nebst Frauen und Kindern. Wartensee suchte umsonst seinem Gegner beizukommen. Bei Tage war er immer wohlbewacht, wenn er auf die Jagd ritt, und in der Nacht zog er die Fallbrücke auf, schob gewaltige Riegel vor das Burgtor, und blutgierige Hunde wachten hinter den Mauern.

Ein Mädchen endlich, das bei dem Herrn von Steinach hauste, wurde von dem von Wartensee gewonnen. Es sollte, wenn sein Herr zur Nachtzeit am Fenster sitze, das gegen Wartensee hinauf schaut, ein weißes Tuch heraushängen. Das geschah, und sogleich flog ein Pfeil durch das Fenster und durchbohrte Rücken und Brust des Zwingherrn mit solcher Gewalt, daß die Spitze im Tisch steckenblieb. Den Blutflecken dieses Mordes vermochte kein Wasser zu vertilgen. (155)

ARBON

DIE BEISETZUNG DES HL. GALLUS

Bischof Johann von Konstanz begab sich nach Arbon zum Begräbnis des hl. Gallus.

Als man nach der Seelenmesse den Sarg aufheben wollte, konnten die Träger die Leiche nicht von der Stelle bringen. Der

Bischof erblickte darin einen höheren Fingerzeig und sprach: „Gallus will nicht in Arbon beerdiget werden; ladet die Leiche auf einen mit zwei ungezäumten Rossen bespannten Wagen und laßt sie dann laufen, wohin sie selbst wollen!“

Die Rosse gingen gerade der Galluszelle zu. Gott preisend folgte der Prälat mit der Geistlichkeit und dem Volke der Leiche nach St. Gallen, wo man sie in der Kapelle zwischen dem Altare und der Wand unter Gebet einsenkte. Schon bei der Leiche geschahen Wunder. Ein Lahmer, dem der Priester Willimar die Kleider des hl. Gallus übergeben, wurde durch die Berührung derselben geheilt. Die zwei Kerzen, die schon in Arbon angezündet worden, brannten dreißig Tage unaufhörlich. (156)

ARBON

DER GALLUSSTEIN

Auf der Westseite der Galluskapelle bei der Pfarrkirche zu Arbon befindet sich eine Nische mit einer rohen Steinplatte. Letztere weist zwei fußartige Eindrücke auf und ist ein Gedenkstein an den hl. Gallus, den Glaubensboten, der 637 das letztemal in Arbon predigte. Es wird berichtet, daß Gallus auf diesem mit dem in einen Bären gefahrenen Satan gekämpft habe. In der Hitze des Kampfes habe sich der Stein so erweicht, daß die Fußeindrücke des Heiligen zurückgeblieben seien. (157)

HENAU

DIE PEST UND DAS WEISSE FRÄULI

Die Pest brach im Toggenburg zuerst zu Gupfen aus, damals einem einzigen Hause der Gemeinde Henau.

Dort erschien nachts ein weißes Fräuli, mit einem weißen Besen emsig die Türschwelle kehrend, worauf ein weißlicher Rauch aufstieg. Sogleich brach die Seuche aus; ein Glied der Familie nach

Die Pest im Toggenburg, Holzschnitt, 16. Jh.

dem andern starb hin; der Rauch blieb immer sichtbar. Da bohrte der einzig noch übriggebliebene Sohn ein Loch in die Wand; der Rauch fuhr hinein, und die Pest verließ das Haus.

In der ganzen Gemeinde aber wütete sie fort, in jeglichem Hause durch das Fräuli angemeldet und durch sein Wischen. Erst mit der Seuche verschwand es. (158)

TOGGENBURG

IDA VON TOGGENBURG

Sancta Ida war eine Gräfin von Kilchberg in Schwaben und mit einem Grafen vermählt, der auf der Alt-Toggenburg saß. Dieser schenkte ihr einen goldenen Ring. Nun fügte es sich nach vielen Jahren, daß die Gräfin Ida eines Tages ihre Kleinodien auf ein Fenstergesims legte, um sie zu sonnen. Unter der Burg ist ein großes Tobel, Rappenstein genannt. In demselben hatten die Raben ihre

Nester mit Jungen. Da flog ein alter Rabe zur Burg hinauf, nahm den Ring vom Fenster und brachte ihn seinen Jungen.

Einer der Jäger des Grafen hörte die Jungen im Nest, stieg auf die Tanne und fand den Ring im Nest. Erfreut steckte er ihn an einen Finger. Einer seiner Kameraden erkannte den Ring als denjenigen seiner Herrin, ging zum Grafen und sagte, der Jäger habe Umgang mit der Gräfin. Da dies der Graf nicht glauben wollte, führte der Knecht den Jäger vor ihn, zog ihm den Ring vom Finger und fragte, ob das nicht derjenige der Gräfin sei. Der Graf ließ in seiner Wut den Jäger an den Schweif eines wilden Rosses binden und den Berg hinabschleifen. Dann lief er zur Gräfin und warf sie zum Erker hinaus ins Tobel, wohl hundert Klafter tief. Sie flehte zu Gott, daß er sie beschütze, und versprach, mit keinem Mann mehr Umgang zu haben, sondern ihm bis an ihr Ende zu dienen. Da erhörte sie Gott, und sie kam unversehrt am Boden an. Lange Zeit nährte sie sich nur von Wurzeln. Da fügte es sich, daß ein Jäger des Grafen im Tobel jagte. Sein Hund entdeckte die Fährte der Gräfin, und der Jäger fand sie auf. Erfreut kehrte er zum Grafen zurück und sagte: „Gott sei gelobt, daß Eure Frau noch am Leben ist!" „Das ist nicht möglich", erwiderte der Graf; „denn sie muß in tausend Stücke zerfallen sein!" Der Jäger aber beteuerte ihm, daß er sie gesehen, mit ihr geredet und daß er ihm den Kopf abhauen solle, wenn er nicht die Wahrheit spreche; sie habe ihm auch gesagt, daß er ihr unrecht angetan.

Da nahm der Graf den Jäger mit sich, und der Hund führte sie zu einer Höhle. Als sie demütig herauskam, da fiel der Graf ihr zu Füßen, bekannte, daß er ihr unrecht getan und bat sie um Verzeihung. Da sagte sie: „Stehe auf, Gott verzeihe dir alle deine Sünden!" Da stand er auf und bat sie, mit ihm nach Hause zu kommen, wo er den lügnerischen Knecht töten wolle. Da sprach sie: „Da sei Gott davor, daß du jemand tötest meinetwegen. Nach Hause werde ich nicht mehr mit dir zurückkehren; denn du hast mich verworfen, und der Gemahl, von dem ich nicht mehr scheiden will, der ist Jesus Christus, der mich vor dem Tode bewahrt hat. Darum bitte ich dich, daß du mir eine Wohnung machest, eine Klause in der Au, bei der Kirche, die am Hörnli liegt." Das geschah auch, und viele Jahre lang ging Ida jeden Morgen nach der Klosterkirche zur Messe; vor ihr hin schritt ein Hirsch mit zwölf Kerzen auf seinem Geweih und leuchtete ihr auf dem Hin- und Rückweg.

Nun war ein Frauenkloster in der Nähe des Benediktinerklosters zu Fischingen. Die frommen Frauen baten Ida, zu ihnen ins Kloster zu kommen, und sie willigte ein unter der Bedingung, daß man ihr eine besondere Wohnung mache und daß sie nur durch ein Fenster mit der Außenwelt verkehre. Der Teufel versuchte sie zu schrecken, aber umsonst. Einmal lag vor ihrem Fenster ein Leichnam, der einem Herrn von Toggenburg gehört hatte. Sie sagte zu ihm: „Stehe auf und zünde mir ein Licht an!" Da ward ihr der Leichnam gehorsam und sprach: „Ida, nimm hin das Licht von meiner Hand; von Toggenburg bin ich genannt!" Da nahm sie das Licht, und von da an konnte ihr der Teufel nichts mehr anhaben bis an ihr seliges Ende. Also ist sie gestorben, und am Tage nach Allerseelen begeht man ihren Jahrtag. Sie liegt im Münster zu Fischingen vor dem St. Niklausaltar begraben. Als im Jahre 1440 das Kloster abbrannte, blieb ihr Haupt unversehrt. (159)

TOGGENBURG

DIE WOHNUNG DER WILDLEUTE

Auf der östlichen Seite des Siluner-Rucks oder des Seln, in der Bergkette der Churfirsten, liegt zwischen Silun und Breitenalp eine Höhle, das Wildenmannlisloch. Ihr Tor ist so groß, daß man mit Roß und Wagen hineinfahren kann. Sie führt anderthalb Stunden weit in den Berg hinein und die Gänge drinnen sind so weit, daß mehrere Mann nebeneinander aufrecht gehen können. Vorn haben die Wildmännchen Tische und Bänke ausgehauen; eine Viertelstunde weiter innen liegt ein kleiner See, rings von Felsblöcken eingefaßt, die sie sich zu ihren Ruhesitzen hergewälzt haben; weiter nach hinten kommen dann ihre Wohnungen. Sie leben von Wurzeln und Milch. Den benachbarten Sennen helfen sie bei der Arbeit.

Einst holten sie die Hebamme aus dem kleinen Ort Starkenbach bei St. Johann zu sich hinauf, die einem Wildweiblein in Kindsnöten helfen mußte. Sie erhielt dafür eine ganze Schürze voll Erdbrocken. Auf dem weiten Weg aus der Höhle heraus gab sie auf das wertlose Geschenk nicht acht. Als sie nun heraus ans Tageslicht kam und den letzten Brocken besah, war er reines Gold. (160)

TOGGENBURG

DER GRENZLAUF

Zwischen den Leuten von Amden und Stein herrschte jahrelang ein erbitterter Streit wegen der Grenze am Gulmen. Die Hirten von hüben und drüben, wie auch die Jäger und Beerensammler lagen sich oft in den Haaren, und mancher der Streitenden trug einen blutenden Kopf mit nach Hause. Alle gütlichen Verhandlungen führten zu keinem Resultat. Endlich kam man überein, ein Grenzlauf sollte den Handel zum Austrag bringen. An einem bestimmten Tag sollten die Läufer zu gleicher Zeit von Amden und Stein abgehen, und da, wo sie zusammentreffen würden, sollte die Grenze gesetzt werden. Der Amdener aber wurde eidbrüchig, ging eine halbe Stunde zu früh ab und erreichte die Wasserscheide zuerst. Durch einen höllischen Jauchzer verkündete er den errungenen Sieg und lief weiter talwärts. Am Dürrenbach stießen die beiden Läufer zusammen. Dem Steiner blieb der Betrug nicht verborgen; er erhob heftige Einsprache. Doch der Gegner beteuerte, er stehe auf Amdener Grund und Boden; er hatte nämlich betrügerischerweise Erde aus seinem Garten in die Schuhe geschüttet! So wurden die Toggenburger überlistet und betrogen.

Aber Unrecht findt den Knecht. In stürmischen Nächten hört man oben auf der Bergeinsattelung heute noch ein unheimliches Jauchzen, und alles Volk weiß, was dieses zu bedeuten hat. (161)

OBERUZWIL

DAS SCHWEIN

Zu Oberuzwil hatte ein Bauer ein Mutterschwein, dessen Junge stets nach einigen Monaten verendeten. Die Kapuziner zu Wil gaben ihm den Rat, sobald die Ferkel wieder krank würden, ein lebendes Schwein unter der Dachtraufe zu begraben. Er wollte es tun; aber das Tier schrie fürchterlich, und sofort erschien ein Weib, welches inständig um Erbarmen bat. Als er aber nicht nachgab, entfernte sich die Hexe und starb sogleich. (162)

Die Hexe als Schwein, Holzschnitt, 16. Jh.

FLAWIL

DIE PEST

Hier regierte die Pest heftig; sie begann und endigte im untersten Haus, welches so verpestet war, daß ein Stecken, den man zum Fenster hineinhielt, sogleich schwarz wurde. Man hatte einen Karren und ein Fuchsli und führte fast alle Tage Leichen nach Oberglatt. Bei der Glatthalden hielt man still und betete. Schaute unterdessen das Fuchsli zurück, so mußte man am andern Tag wieder Leichen fortführen; schaute aber das Rößlein nicht zurück, so hatte man ein oder zwei Tage Ruhe. (163)

FISCHINGEN

DAS ZAUBERBÜCHLEIN

In der Gegend von Fischingen lebte einst ein Jäger, der auf dem Jagdgang immer Glück hatte. Ihm fehlte nie ein Schuß. Die schönsten Rehe, die fettesten Hasen, die schlauesten Füchse waren seine Beute.

Einst legte er sich in einem Gehölz nieder und schlief ein. Da kamen einige andere Jäger vorbei, die auf sein Jagdglück eifersüchtig waren. Sie griffen in die Tasche des Rockes, den der Jäger neben sich gelegt hatte. Da fanden sie ein Büchlein, das sie mit sich nahmen. Als sie es lasen, merkten sie, daß es ein Hexenbüchlein war. Da warfen sie es durch die Ofentür ins Feuer. Doch das Büchlein flog zurück, sooft sie es auch in die Flammen warfen. Da vergruben sie es in einem tiefen Erdloch und wälzten einen mächtigen Felsbrocken darüber. Doch kaum vergraben, war es wieder bei ihnen. Sie versuchten es zu zerreißen, aber vergebens. Endlich brachten sie das Hexenbüchlein zu einem Kapuziner, der erst wurde ihm Meister. (164)

WINTERSBERG

DAS IRRKRAUT

Nördlich vom Weiler Wintersberg liegt ein großer Wald, der im Sommer eine reiche Ausbeute an Beeren aller Art liefert. Dort wächst aber auch das Irrkraut, das schon manchen in schwere Verlegenheiten gebracht hat. Wer darauftritt oder gar eins im Schuh davonträgt, der findet sich nicht mehr zurecht und kann stundenlang umherirren. Wer die Schuhe wechselt, der kennt sich sofort wieder richtig aus; aber wer trägt in den Wald schon ein zweites Paar Schuhe mit? (165)

Der Seerücken und Thurgau

Romanshorn, Aquatinta von 1820

ROMANSHORN

DER RIESE EINHEER

Um das Jahr 800 nach Christi Geburt regierte im Abendlande der berühmte Kaiser Karl der Große. Damals nun lebte im Reich ein Riese und wurde Eisher geheißen. Derselbe stammte aus dem Thurgau, und war also mächtig und stark, daß er durch alle Wasser watete und nie über eine Brücke ging. Und wenn sein Roß nicht hinüber wollte, so zog er es allzeit beim Schwanze herüber und sprach: „Nun Gesell, du mußt auch nach!"

Nun zog er mit dem Kaiser auch in den Krieg gegen die Wenden und Hunnen, die gar wilde Völker waren. Der Riese aber mähte die Feinde nieder, wie Gras mit einer Sense, und hängte dann etwa sieben oder acht an den Spieß und trug sie also heim wie Vögel. Als ihn seine Nachbarn fragten, was er im Kriege ausgerichtet hätte, und wie es ihm gegangen wäre, sagte er mit Unwillen: „Ach, ich mag von diesen Fröschlein nicht reden! Es ist der Mühe nicht wert, daß der Kaiser so viel Volks wider solche Würmlein auf die Beine gestellt hat; ich wollt's allein mit ihnen ausgemacht haben!" Und wirklich hat der Eisher in diesem Kriege also furchtbar gestritten, daß die Wenden und Hunnen überall flohen, wo er sich zeigte; denn sie meinten, er sei der böse Feind. Weil er daher gegen sie so viel ausrichtete als ein ganzes Heer, so wurde er von dem Kaiser nicht mehr Eisher, sondern Einheer genannt. (166)

ROMANSHORN

DAS GESPENST AUF DEM FRIEDHOF

Einst saßen zu Romanshorn vier Männer in einem Wirtshaus und zechten bis spät in die Nacht hinein. Als sie nach Hause gehen sollten, wetteten sie, über den Friedhof nach Hause zu gehen. Doch keiner wagte es. Ein junger Knecht wollte die Wette gewinnen. Er trennte sich von den andern und schlug den Fußweg nach dem Friedhof ein. Da kam das Gespenst schon hinter ihm her. Er lief ohne sich umzuschauen am Friedhof vorbei. Als das Gespenst nach ihm greifen wollte, kehrte er sich schnell um und verprügelte das Gespenst, so daß es schnell hinter der Mauer verschwand. Dann ging er nach Hause. Am nächsten Morgen sah er, daß sein Meister Beulen und ein blaues Auge hatte. Jetzt wußte er, woran er war. Seither gab es keine Gespenster mehr auf dem Friedhof. (167)

GÜTTINGEN

DIE KORNWUCHERER

Die reichen Freiherren von Güttingen besaßen drei Burgen, die in der Nähe des gleichnamigen Dorfes lagen. Eine befand sich bei dem jetzigen Hofe Oberburg; von der andern, der Moosburg, mit doppeltem Graben umgeben, ist das Hauptgemäuer noch übrig und überbaut; die eigentliche Burg Güttingen lag am See und war teilweise vom Wasser umflossen.

Die Rattenplage

Einst herrschte eine große Teuerung im Lande. Da sorgten die Herren ringsum für ihre Leute, gaben ihnen Korn und schafften selbst aus der Ferne Lebensmittel herbei. Die Freiherren von Güttingen aber, deren Speicher reichlich mit Getreide gefüllt waren, erbarmten sich ihrer Leute nicht; selbst aber lebten sie in Saus und Braus.

Als nun die Not immer größer wurde und nicht mehr zu ertragen war, lief das Volk zusammen und flehte die Herren von Güttingen um Brot an, das elende Leben zu fristen. Da lockten die Freiherren ihre bettelnden Angehörigen in eine alte Scheune, ließen diese durch ihre Knechte verschließen und in Brand stecken. Als die Unglücklichen, bevor sie von den Flammen ergriffen wurden, um Erbarmen flehten, rief einer der Herren von Güttingen: „Hört, wie die Mäuse pfeifen!" Doch bald danach belästigten zahllose Mäuse die Burgen der Herren von Güttingen. Da flüchteten sich diese auf ihre Wasserburg; allein auch dahin verfolgten sie die Mäuse, und von dem schrecklichen Schicksale, bei lebendigem Leibe aufgefressen zu werden, konnte sie nichts erretten. Bald nach dem Tode der Güttinger versank die Burg in den See, und noch vor etwa hundert Jahren vermochte man bei niedrigem Wasserstande deren Trümmer im Grunde des Sees zu erkennen. (168)

WEINFELDEN

DER SCHWARZE TOD

Als im Jahre 1629 der Schwarze Tod seine Geißel in der Ostschweiz schonungslos schwang, raffte er auch in Weinfelden Männer, Frauen und Kinder hin.

Da ließen die jungen Leute und Männer ihre Arbeit sein und zogen auf den Tanz und in die Wirtshäuser, um ihre Angst vor dem Schwarzen Tod zu verscheuchen. Sie sagten: „Was soll die Arbeit? Laßt uns trinken, essen und fröhlich sein, denn morgen rafft uns der Tod dahin!"

Sie spotteten auch dem Schwarzen Tod, höhlten Rüben und Kürbisse aus, schnitten Augen, Nasen und Münder hinein und erleuchteten diese mit Talglichtern. So glichen die erleuchteten Kürbisse furchtbaren Totenköpfen, die sie wegen ihres wüsten Aussehens Bochseltiere nannten; sie trugen diese bei Nacht durch die Gassen.

Und seltsamerweise blieben die Zecher gesund und wohl am Leben. Der Schwarze Tod verschonte sie. (169)

WEINFELDEN

DER TOTE BRÄUTIGAM

Ritter Ulrich Muntprat war mit Kunigunde Schenk von Landegg verlobt. Leichtfertig löste der ungetreue Bräutigam die Verlobung. Er starb bald darauf. Als der Sohn aus dieser Vereinigung zu St. Peter in Wil Primiz feierte, hob sich die Platte über dem Grabe Ulrichs. Der tote Ritter entstieg der Gruft und schritt mit der verlassenen Braut zum Traualtar. Darauf begleitete er seine angetraute Gemahlin an ihren Platz zurück und stieg in sein Grab hinab. Kunigunde aber fand man zu Ende des Gottesdienstes entseelt in ihrem Kirchenstuhl. Man bestattete sie an der Seite ihres Gatten, dessen Grab immer noch offen stand. Erst als man sie beigesetzt hatte, schloß sich die Gruft. (170)

Ritter Ulrich Muntprat besaß das Schloß Weinfelden von 1496-1518. Er war viermal verheiratet, hatte aber keine Nachkommen.

BISCHOFSZELL

DIE GESTOHLENE MONSTRANZ

Anna Vögtlin aus thurgauisch Bischofszell hatte 1447 die Monstranz aus der Kirche zu Ettiswil bei Willisau, Kanton Luzern, gestohlen und die Hostie in einen Grünhag geworfen. Als jenes Abends das Mägdlein Margareth ihr Weidevieh heimtrieb, vermochte sie es an dieser Stelle nicht vorbeizubringen. Aus der Hecke aber war eine siebenblätterige weiße Rose entsprossen, in deren Kelch die verschleuderte Hostie lag. Bald fiel der Argwohn auf das fremde Weibsbild, das sich hier umgetrieben hatte. Man setzte ihr nach und ergriff sie zu Tiengen. Sie wurde als eine Zauberin verbrannt und an der Stelle des Wunders eine Kapelle errichtet. (171)

BISCHOFSZELL

DIE BRÜCKE

Am Hang über der Sitter und der Thur liegt das Städtchen Bischofszell und schaut über das Land voll von Bäumen und Frucht. Doch die Thur war einst ein wilder und ungestümer Fluß. Wenn der Schnee in den Bergen schmolz, kam das Wasser brausend und schäumend daher, und es schien, als sei der Thur das Flußbett zu eng. Sie riß dann die schützenden Wuhren weg und überschwemmte Wiesen, Weiden und Felder. Damals führte noch keine Brücke über den Fluß.

Wollten die Leute nach Sitterdorf hinüber, mußten sie mit einem Schiff oder Kahn die Überfahrt wagen. Zu jener Zeit wohnte eine Gräfin mit ihren beiden Söhnen auf dem Zeller Schloß. Ihr Mann war schon vor Jahren gestorben, und so mußte sie und ihre Söhne zum Rechten schauen. Damals brachen zur Winterszeit auch Wölfe aus den umliegenden Wäldern in die Dörfer ein, fielen das Vieh an und trugen Schafe davon. Einmal fielen sie auch einen Mann im Wald an, der Holz schlagen wollte.

Als dies die jungen Grafen hörten, befahlen sie ihren Knechten zur Wolfsjagd zu rüsten. Sie zogen mit Pferden und Hunden über die Thur. Die Jagd dauerte ein paar Tage, und mancher Wolf mußte sein Leben lassen. Als die Jagd zu Ende war, zogen die beiden Grafen mit ihren Knechten wieder zur Thur hin, wo sie übersetzen wollten. Doch das Wasser ging hoch, und reißend schäumten die Fluten daher. Die beiden Grafen fürchteten sich nicht, sprangen in einen Kahn und ruderten mit aller Kraft gegen die wilden Wasser, um das andere Ufer zu gewinnen.

Vom Schloß aus sah die Gräfin, wie der Kahn durch die Wellen schoß. Doch plötzlich schlug das Boot um, und die beiden jungen Grafen versanken in den hochgehenden Fluten.

Die ertrunkenen Grafen, Holzstich, 19. Jh.

Keiner der Knechte konnte helfen. Erst nach Tagen brachte man die Leiber der ertrunkenen Grafen aufs Schloß. Da war große Trauer im ganzen Land. Die Gräfin entsagte ihrer Herrschaft, trat in ein Kloster ein und folgte ihren beiden Söhnen bald in den Tod.

Doch vor ihrem Tode ließ sie einen Baumeister kommen und befahl ihm, eine steinerne Brücke über die Thur zu bauen, die jedem Wildwasser standhalten konnte. Sie gab einen großen Teil ihres Geldes hin, damit in Zukunft die Landleute ohne Gefahr die Thur überqueren konnten, selbst bei Eisgang im Winter und Frühling.

Und die Landleute dachten noch lange daran, daß sie den sicheren Übergang den Tränen einer unglücklichen Mutter verdankten. (172)

WITTENWIL

DER STARKE KLEINHANS

Bis zum Ende des letzten Jahrhunderts gab es in Wittenwil nur Familien mit dem Namen Ammann. Und diese wachten darüber, daß kein anderes Geschlecht ins Dorf kam. Dort wohnte auch ein Mann von ungewöhnlicher Körperkraft, der Hans Ammann hieß, den man aber nur den Kleinhans nannte.

Von ihm erzählte man, daß er nur mit einem Eisenspieß, den ein Schmied von Wittenwil angefertigt hatte, zu Konstanz ein feindliches Schiff in den Grund gebohrt habe. Auch den Klöppel der größten Glocke im Münster habe er allein in die Glockenstube getragen. Für all seine Verdienste, die er sich um die Stadt Konstanz erworben hatte, gewährte ihm und seinen Nachkommen der Rat Zollfreiheit.

Das Haus des Kleinhans, nebst einem großen, von Eisenringen gehaltenen Wetzstein, konnte man noch anfangs dieses Jahrhunderts in Wittenwil sehen. (173)

HÜTTWILEN

DER RING IM FISCHBAUCH

Oberhalb des Dorfes Hüttwilen findet man noch heute viel Mauerwerk im Boden. Dort stand einst eine große Burg, die man Bettbuur nannte. Die Burgherren dort waren zu Reichtum gekommen, weil sie das Landvolk bedrückten und betrogen.

So manchen haben sie von Haus und Hof gejagt oder geplagt, bis er von selbst fortzog. Der Schlimmste dieser Bluthunde war der Letzte seines Geschlechtes. Wenn es ihn ankam, ritt er mit seinen Knechten durch Feld und Acker. Wer dagegen aufbegehrte, dem gab er höhnisch zur Antwort, dazu habe er das Recht.

Als er einmal über den Seerücken hinabzog, packte ihn der Übermut. Er zog den Ring vom Finger, warf ihn vor den Augen seiner Leute in den See und sagte: „So sicher, wie ich diesen Ring nie mehr wiedersehen werde, so sicher behalte ich mein Hab und

Der Ring im Fischbauch

Gut, so sicher wird mir niemand die Herrschaft über dies Land streitig machen!“

Ein Jahr ging vorüber, da brachte ihm ein Fischer einen großen Fisch, den er im See gefangen hatte. Als das Küchengesinde den Fisch zum Essen herrichten wollte, fanden sie im Bauch einen kostbaren Ring. Den brachten sie ihrem Herrn. Kaum hatte dieser den Ring gesehen, wurde er totenbleich, verschloß sich in seiner Kammer und wollte von da an niemanden mehr sehen.

Doch eines Nachts zogen fremde Ritter, die sich mit dem Herrn von Bettbuur verfeindet hatten, vor das Schloß, stürmten es und legten Feuer hinein. Den gefangenen Burgherrn richteten sie grausam hin.

Das Volk aber gönnte dem gnadenlosen Herrn sein böses Schicksal. Kaum hatte der Herr von Bettbuur sein Leben verloren, begann bei der Burg oben um die Betzeit ein wüstes Treiben und Lärmen. Dann kam vom Burghügel herab ein Zug gräßlicher Gestalten. Wer diesem begegnete, vernahm den Ruf: „Aus dem Weg, wem Leib und Leben lieb ist!" Kaum hörte man aber die Betzeitglocken läuten, war der grauenvolle Spuk verschwunden. Das waren die Herren, die einst auf der Burg Bettbuur gehaust und das Landvolk arg bedrängt hatten. (174)

SCHÖNENBERG

DIE KRIEGSLIST

Die Burg zu Schönenberg war einst Lehen des Bischofs von Konstanz. Als die Appenzeller 1405 diese Burg belagerten, waren ihnen die großen Bluthunde des Burgherrn im Wege. Da griffen sie zu einer List. Sie sammelten in der Gegend Katzen ein und ließen diese vor den Hunden laufen. Da jagten diese den Katzen nach, und die Appenzeller konnten die Burg stürmen. (175)

EGNACH

DER BRENNER

In Egnach im Winzelisberger Tobel, wo einst die Straße von Neukirch bis auf die Bachsohle herabstieg, in Wald und Gesträuch versteckt, erschien in den zwanziger Jahren des vorigen Jahrhunderts ein „Brenner", der allnächtlich die Leute erschreckte. Niemand wagte es, nach Einbruch der Nacht am verrufenen Ort vorbeizugehen.

Ein junger Mann, der stärkste und unerschrockenste in Egnach, ging eines Abends nach Haslen zu seiner Zukünftigen. Da fiel es ihm auf dem nächtlichen Heimwege ein, von Erdhausen aus einen kurzen Abstecher zu machen und nach dem Brenner zu schauen. Er fand ihn wirklich zwischen zwölf und ein Uhr, packte ihn und trug ihn nach Olmishausen. Dort weckte er seine Mutter und seine Nachbarn, und als sie auf dem Platze erschienen, sagte er: „Ich habe den Winzelisberger (Brenner) mitgebracht." Und wirklich, er war zu sehen: auf einen Gartenpfahl aufgespießt ein mächtiger, fauler Weidenstrunk, der in der finsteren Nacht stark leuchtete. (176)

WATTWIL

STARKE MÄNNER

Im Toggenburg und Appenzellerlande herrschte der Glaube, es gebe Männer, die können sich „gfrören", ihren Leib gegen alle Schläge, selbst gegen solche mit einem Hebeisen, unempfindlich machen bis auf eine kleine Stelle am Körper, die sich in der Regel unter der Nase oder unter der Achsel befinde. Mancher Raufbold ließ sich dann auch, um sich gefürchteter zu machen, vor einer ganzen Gesellschaft durchwalken, indem er den Schmerz verbiß.

So einer war der in der ganzen Gegend gefürchtete Krummbachhämmel. Der hatte daheim vor seinem Haus einen fünfzentnerigen Stein liegen; den hob er alle Tage ein paarmal, um seine Kraft zu üben und sie auch zu zeigen, wenn jemand des Weges kam.

Schon manchen hatte er zum Krüppel geschlagen, und niemand war mehr in der Gegend, der ihm irgendwie entgegenzutreten wagte. Einst hatte er an einem Tanzsonntage in Wattwil, mit einem Sidelenbein bewaffnet, einen Saal geleert; nur ein Tiroler saß noch ruhig in der Ecke. Wie der Hämmel auch auf ihn losgehen will, sagte dieser: „Ich iß für mei Geld, laß mich in Ruh!" „Was sähst? Usse muest!" ruft Hämmel und will ihn packen. Aber wie der Blitz faßt ihn der Tiroler bei Gurgel und Hosenband, hebt ihn in die Höhe und wirft ihn zum Fenster hinaus. Die Gfrörni schützte ihn diesmal nicht; denn nach drei Tagen starb er infolge des Sturzes. (177)

Sidelenbein = Stuhlbein (Sidel = Sitz, Stuhl, Bank)

WARTENWIL

DAS MISSVERSTÄNDNIS

Im obern Thurgau liegt das Dörfchen Wartenwil. Ein Reisender fragte eine alte Frau, die gerade zum Fenster hinausschaute, nach dem Namen der Ortschaft und erhielt zur Antwort: „Wartewil.“ Er wartete. Da kam ein Kind des Weges, das mit Tafel und Büchern unter dem Arm zur Schule lief. Um den Namen des Dörfchens befragt, ließ es sich kaum Zeit, ein wenig zu verschnaufen und rief: „Wartewil!“ Der Mann wartete wieder eine Weile. Da ritten zwei Dragoner daher, die zur Inspektion mußten. Er bat sie, ihm doch zu sagen, wie dieses Dörfchen heiße; bis jetzt habe ihm noch niemand den Gefallen getan. „Wartewil!“ antworteten die beiden Reiter und sprengten davon. Jetzt ging dem Fragenden die Geduld aus. „Was meint ihr denn“, schimpfte er, „ich könne immer warten und euer Narr sein?“ Rief's und zog von dannen. (178)

PFYN

DER TYRANN

Joachim Mötteli von Rappenstein beherrschte im Thurgau das Land von Wellhausen bis in die Gegend von Weinfelden. Auch Weinfelden war ihm zum Teil noch zehntenpflichtig. Eifersüchtig wachte er über seine Rechte. Wehe dem, der ihm dabei ins Gehege kam. Er war aufbrausend, gewalttätig, ränkevoll und berechnend, schreckte vor keiner Untat zurück. In Pfyn hauste er ärger unter seinen Untergebenen als ein räuberischer Hecht im Karpfenteich.

Am ärgsten und unerträglichsten trieb er es mit den Frauen und Töchtern seiner Untertanen. Wer ihm dabei entgegentrat, dem drohte er mit Kerker und Erstechen. Einigen Töchtern ritt er aufs Feld nach, und wenn sie sich zur Wehr setzten, schlug er sie erbärmlich. Wenn jemand die Mädchen vor dem Gerichtsherrn warnte, wurde er verfolgt und mißhandelt.

Als Joachim eines Tages ein Bauernmädchen belästigte, kam des Pfisters Frau von Pfyn dazu und gebot ihm Einhalt. Da schlug und traktierte er sie mit Fußtritten, daß die Frau gleich danach eines „unzytigen Kinds" genas. Ihr Ehemann, der Klage einreichte, wurde nicht minder mißhandelt. Als Mötteli von dessen Gang zum Richter erfuhr, kam er zu Pfisters Haus, schlug die Türe ein und suchte mit gezücktem Schwert nach dem Hausherrn. Er stieg bis auf den Heuboden und stieß mit dem bloßen Schwert in den Stock, in die Streue und alle Winkel. Da verließ der Pfister aus Angst die Gemeinde.

Als die Frau Jakob Gügis vernahm, daß der Mötteli es auf sie abgesehen hatte und ihr auflauere, nahm sie einen Umweg ins Bad. Der Junker verlief ihr den Weg. Wegen der erlittenen Mißhandlung hatte die Frau keine gute Stunde mehr und starb bald danach.

Einem armen Waisenmädchen, das bei einer Näherin in die Lehre ging, paßte der Wüstling in der Dunkelheit ab und ging mit ihm um, daß Gott erbarm.

Am 4. März 1549 verstarb er an einer bösen Krankheit. Er wurde in der Kirche von Goldach beigesetzt. (179)

FRAUENFELD

DIE APPENZELLERKRIEGE

Zur Zeit der Appenzellerkriege ist der Ruhm, die Stadt Frauenfeld vor dem allgemeinen Schicksal der thurgauischen Burgen bewahrt zu haben, bei den wilden Herren von Landenberg zu suchen. Sie waren es, die im Dienste Österreichs den plündernden appenzellischen Kriegern mit einem tapferen Ritterfähnlein die Stirn boten und sechzig Mann bei Gebratswil erschlugen. Und es war ein Landenberger, der seine Streiter auf die fliehenden Appenzeller mit den Worten hetzte: „Jagt ihnen nach, schont nicht Weib und Kind, damit kein Same mehr von ihnen aufkomme zum Verderben des Adels."

So hielt Frauenfeld auch 1407 dem Ansturm der wilden appenzellischen Bauern stand, während Wil, Bürglen, Bischofszell und Elgg in Flammen aufgingen. Die Sage geht, man habe den belagernden Appenzellern zum Zeichen des Überflusses von der Schloßmauer Fleisch, Käse und Brot hinuntergeworfen und sie dadurch so getäuscht, daß diese die Belagerung abgebrochen hätten. (180)

BEGEGNUNG MIT DEM TEUFEL

Ein armes Mädchen hatte sich einmal nachts zu Frauenfeld im Hause des Ulrich Kappeler versteckt, das am Graben lag. Als die Leute sich schlafen legten, kroch es unter der Stiege hervor. Da stand plötzlich in der Stube ein schwarzer Mann mit einem schwarzen Bärtchen und fragte das Mädchen, was es suche. Da sagte das Mädchen, sie suche etwas zu essen. Der Schwarze antwortete: „Komm du mit mir. Bei mir bekommst du genug zu essen." Darauf schlug der Schwarze mit einem Feuerzeug Licht. Da sah das Mädchen einen Kessel voll Schmalz, Hafermus und oben darauf gedörrtes Fleisch. Der Schwarze forderte sie auf zu essen.

Die Nachbarn aber hatten das ungewöhnliche Licht im Hause Kappeler bemerkt und weckten die Leute. Das Mädchen verkroch sich im Vorkeller und fürchtete sich, entdeckt zu werden. In diesem Augenblick tauchte der Schwarze wieder auf und sagte, er wolle ihr hinaushelfen. Sie solle nur den Kopf durch das Loch der Stadtmauer stecken. Das tat das Mädchen und konnte in den Graben springen.

Als sie sich am anderen Tag von Kirchberg, wohin sie geflohen war, wieder in die Stadt wagte, griff man sie auf und steckte sie ins Gefängnis. Weil man ihr mit der Marter hart zusetzte, bekannte sie den Diebstahl und gestand auch, daß sie sich zu Stein am Rhein mit dem Teufel vermischt habe. Sie habe sich aber dem Bösen niemals ergeben wollen, was Gott allein wisse. In Band und Ketten gelegt, konnte sie sich befreien und ließ sich am Folterseil am Rathaus herab.

Das Mädchen floh und legte sich nachts in einem Stall bei Wiesendangen schlafen. Da stand plötzlich wieder der Schwarze vor ihr und sprach sie an, ob sie das Mädchen sei, dem er in Frauenfeld geholfen habe. Zuerst legte er sich an ihre Seite, dann stand er auf, ging aus dem Stall, kam aber gleich wieder zurück, entblößt bis über die Knie, legte sich auf das Mädchen und kitzelte und plagte es wie ein Mensch. Aber eine Vermischung und weitere Berührung fand nicht statt, und der Böse ließ endlich von dem Mädchen ab.

Als das Mädchen auf ihrem Weg nach Zürich in Bassersdorf im Wirtshaus schlief, stand es nach Mitternacht auf, um früher in die Stadt zu kommen. Als sie draußen auf der Wiese lief, stand auf einmal wieder der Böse vor dem Mädchen und fragte, warum sie weine. Sie solle nur mit ihm gehen, er wolle ihr genug zu essen geben, und riß sie zu Boden. Da sagte das Mädchen: „Du böser Teufel. Laß mich meiner Wege gehen und geh du Deinen!“ (181)

FRAUENFELD

DER BLAUBART AUF SCHLOSS WELLENBERG

Von dem reichen, wegen seiner Prozeßsucht übel bekannten Jakob Mötteli erzählt man, er habe seine Frauen ermordet, wenn sie den Knäuel Garn, den er ihnen zum Entwirren gab, nicht lösen konnten. Der Schrecken, den er verbreitete, blieb noch lange an dem Gebäude haften. Wenn der Sturm durch die Kellerlöcher ächzte und heulte, hieß es, der Geist des Mötteli sei wieder los und treibe sein Unwesen wie in alter, böser Zeit. (182)

ZUZWIL

DER BRENNENDE MANN

In der Nähe von Zuzwil ging ein Geist in Gestalt eines brennenden Mannes um und kam öfters bis zu den äußersten Häusern des Dorfes, aber nie weiter als bis zur Dachtraufe. Die Leute wünschten ihn zu erlösen. Eine fromme Person fragte hierüber den Pfarrer um Rat. Dieser sagte, sie solle für den Geist drei Messen lesen lassen; alsdann werde er zu ihr kommen und ihr für die Erlösung danken. Nur solle sie sich hüten, ihm die Hand zu bieten. Nach einigen Tagen erschien der erlöste Geist und streckte ihr mit den Worten: „Chum bald noh“ seine Hand entgegen. Eingedenk der Warnung des Pfarrers reichte ihm die Person, die eben mit Spinnen beschäftigt war, nicht die Hand, sondern die Kunkel des Spinnrades dar. Der Geist ergriff diese und war verschwunden. Das Werg an der Kunkel war versengt. Die Frau starb bald darauf. (183)

GOTTLIEBEN

DAS TOTENHEER

Zweimal jährlich sollen sich um Mitternacht die Tore der Burg Gottlieben öffnen. Dann dröhnt der Boden unter den Tritten Bewaffneter, die Luft klirrt von Waffen und Ketten und hallt wider vom Gejammer und Schreien. Doch sieht man nichts, hört aber deutlich, wie sich der Zug nach dem Tägermoos hin bewegt und dort Halt macht. Man vernimmt tosendes Waffengetümmel und Geräusche einer Schlacht. Dann werden die dunklen Gestalten zweier Krieger sichtbar mit brennenden Lichtern auf dem Kopfe. Auf ein sonderbares Zischen hin verschwinden diese Gestalten mit ihren Lichtern, und nichts mehr ist zu sehen. (184)

GOTTLIEBEN

GESCHWISTERLIEBE

In der Nähe der Burg Gottlieben befand sich eine kleine Landzunge, die in den See hinausragte. Dort stand eine alte Hütte, in der ein Fischer mit einem schönen Mädchen lebte, das ihm eine adelige Frau anvertraut hatte.

Erwin von Salenstein war wider seinen Willen für das Kloster bestimmt; in seiner Not schlug er oft den einsamen Weg am Seeufer entlang ein. Einst begegnete er einem Fischermädchen, das ihm ans Herz wuchs. Er schwor, niemals Mönch zu werden, um das Mädchen zu heiraten. Sein Vater, der Herr von Salenstein, erfuhr durch den Fischer von der Liebschaft seines Sohnes mit dem Fischermädchen. Er ließ seinen Sohn kommen und eröffnete ihm, daß dieses Mädchen seine eigene Tochter aus einer unseligen Liebschaft sei, welche die Mutter dem Fischer zur Auferziehung anvertraut hatte. Dieses Mädchen sei also seine leibliche Schwester. Entsetzt eilte der Jüngling zur Fischerhütte. Eng umschlungen saßen die beiden am Ufer des Sees und beklagten ihr Schicksal.

Plötzlich wallte der See mit dumpfem Brausen über die Landzunge hinweg und verschlang die beiden Liebenden. (185)

GOSSAU

ZEICHEN VOM KOMMEN DES ANTICHRIST

Auf dem Breitfelde bei Goßau, einer großen ebenen Fläche, sollen nach einer in früheren Zeiten schon dort abgehaltenen Schlacht mehrere eiserne Stangen und ein grünes Bäumchen in die Erde vergraben worden sein. Das Bäumchen habe zwar bald wieder ausgeschlagen und immer neue Schößlinge getrieben, trotzdem diese stets wieder abgehauen wurden. Wenn ein solcher aber einmal die Größe erreichen werde, daß ein Mann unter ihm aufrecht stehen könne, und auch jene eisernen Stangen durch die Pflugschar ans Tageslicht kommen werden, was zu gleicher Zeit geschehen soll, so werde auf jener Ebene abermals eine so blutige Schlacht geschlagen, daß der Müller in der nahen Kräzeren-Mühle seinen Weizen werde mit Blut mahlen können.

Während dieser Schlacht wird ein beim erstern Gefecht entstandener Riß in der Mauer der nahen Kapelle von selbst sich wieder schließen, und das über den Sitteren halb in der Luft hängende Häuschen zum Drachenloche bei St. Josephen in die Fluten stürzen. Dies alles wird ein Zeichen der beginnenden letzten Zeiten, sowie des Kommens des Antichrists sein, bei dessen Geburt alle Blumen Blut schwitzen werden. Seine Mutter wird eine Hure in Babylon und er wieder nach sieben Jahren das erste männliche Kind sein, das geboren wird. (186)

ERMATINGEN

DER MISSBRAUCHTE FEIERTAG

Vor bald vierhundert Jahren lebte zu Ermatingen ein Mann zwinglianischen Bekenntnisses. Der fuhr am Andreastag in den Wald, um Holz zu holen. Ein anderer Bürger wollte ihm das wehren und sagte: am Andreastage fahre man nicht in den Wald. Doch gab ihm jener zur Antwort: „Andresli hin, Andresli her, ich will ins Holz fahren!“ Da hat er auf seiner Fahrt ins Holz den linken

Schenkel gebrochen und ging seither ganz krumm. Auch hat er zu diesem Denkzettel hin zeitlebens einen Übernamen tragen müssen; er hieß Jakob, wurde aber danach nur Enderlin geheißen. (187)

STECKBORN

DER FISCHFREVLER

Ein Fischer hatte dicht am Ufer des Untersees ein festes Haus erbaut. Weil er in seinen Netzen wahllos Fische fing, selbst die kleinsten, war er reich geworden.

Doch die Fische schlüpften unter das Ufer und nagten mit dem Maule die Erde unter dem Haus heraus. Jahr um Jahr verging. Die alten Fische zeigten es den jungen, bis schließlich das Wasser die Grundmauern des Fischerhauses unterspülte. Eines Nachts stürzte das Haus des Fischers unter gewaltigem Krachen in die Fluten und der frevelhafte Fischer mit ihm. Er hatte nicht einmal Zeit zum Erwachen. (188)

MAMMERN

DER FAHRENDE SCHÜLER

Einst kam ein merkwürdiger Mensch zum Haus der Brüder Mellecher und hielt um Herberge für die Nacht an. Damit waren die Brüder einverstanden, denn sie beherbergten gerne fremde Leute, der Neuigkeiten und Nachrichten wegen. Dieser merkwürdige Mensch war ihnen besonders willkommen, weil es ein Fahrender Schüler oder Schwarzkünstler war.

Der erzählte den beiden Brüdern viel von seiner Schwarzen Kunst und behauptete, daß dies keine Sünde sei. Doch der Matthäus bewies ihm aus dem Gesetz Gottes und der Heiligen Schrift, daß Schwarze Kunst Sünde sei. Da wandte sich der Fahrende Schüler an den Jakob. Er sagte, er wolle ihm etwas offenbaren, was er nicht jedem offenbaren würde. Im alten Schloß Neuenburg befände sich ein Schatz und er könne ihm sagen, wie er diesen gewinnen könnte. Der Jakob wollte nichts von dem Schatz wissen. Doch fuhr der Fahrende Schüler fort, davon zu berichten.

Im Gewölbe dieses Schlosses hause ein Geist, den man Johann Baptist Räger nenne. Dieser sitze auf hunderttausend Gulden, und wer es verstehe, diesen Geist zu erlösen, der könne das Geld gewinnen. Dieses Schloß liege eine Viertelstunde oberhalb des Dorfes Mammern, zwischen Steckborn und Stein. Es sei zu Zeiten des großen römischen Kaisers Cäsar erbaut worden. Jetzt sei es verwüstet und verfallen. Doch fand der Fahrende Schüler mit seinem Schatz beim Jakob keinen Glauben. Drei oder vier Tage hielt sich der Fahrende Schüler bei den Mellechers auf. Einmal sagte er: „Ich will euch etwas sagen, was ihr noch nicht wißt. Auch im Nägelisee, nahe dem Dorfe Kaltenbach, liegt ein Schatz von dreihunderttausend Gulden in einer silbernen Kanne. Diesen Schatz könnten wir in der Nacht heben." Doch davon wollte der Matthäus nichts wissen. Da sprach der Fahrende Schüler: „Ich sehe, auch du willst mir keinen Glauben schenken, aber es wird dich gewiß einmal reuen." Und dann ging der Fahrende Schüler davon.

Am gleichen Tage ging Jakob in seinen Rebberg, der Gugenhuser genannt wird. Von dort aus sah er im Nägelisee die silberne Kanne, wie es der Fahrende Schüler behauptet hatte.

Dieser hatte den beiden Brüdern auch viel vom Frau-Venus-Berg in Italien erzählt, von dem Danhuser, der noch immer in diesem Berg hause. Sein Bart sei schon zweimal um den Tisch gewachsen, an dem er sitze. Alle sieben Jahre wache er auf und frage, ob noch immer Knaben auf Erden geboren werden. Dieser Danhuser soll dort auf den Jüngsten Tag warten. Das alles hat der Fahrende Schüler erzählt, der auch an diesem Ort gewesen sein soll. (189)

Literaturnachweis

Baader, Bernhard: Volkssagen aus dem Lande Baden und den angrenzenden Gegenden. Karlsruhe 1851 (zitiert: B I)

– Neugesammelte Sagen aus dem Lande Baden. Karlsruhe 1859 (Zitiert: B II)

Barack, Karl August: Zimmerische Chronik. 4 Bde. Tübingen 1869, 1881 (zitiert: Zi. Chr.)

Bächtold, Hanns: Sagen vom Untersee und aus dem Hegau. Schweizerisches Archiv für Volkskunde 14 (1910) 180 (zitiert: HB)

Bechstein, Ludwig: Deutsches Sagenbuch. Leipzig 1853 (zitiert: Bechstein)

Beitl, Richard: Im Sagenwald. Neue Sagen aus Vorarlberg. Feldkirch 1953 (zitiert: Beitl)

Birlinger, Anton: Volkstümliches aus Schwaben I. Freiburg 1861 (zitiert: Birlinger 1861)

– Aus Schwaben. Sagen, Legenden, Volksaberglauben, Sitten, ... Wiesbaden 1874 (zitiert: Birlinger 1874)

Duft, Johannes: Sankt Otmar in Kult und Kunst. St. Gallen 1966 (zitiert: Duft)

Elsensohn, Josef: Sagen und Volksglauben im inneren Bregenzer Walde. Progr. Teschen 1866 (zitiert: Elsensohn)

Feger, Otto: Geschichte des Bodenseeraumes I. Lindau, Konstanz 1956, II 1958, III 1963

Frauenfelder, Reinhard: Sagen und Legenden aus dem Kanton Schaffhausen. Schaffhausen 1933 (zitiert: F)

Henne – Am Rhyn, Otto: Deutsche Volkssage im Verhältnis zu den Mythen alter Zeiten und Völker ... Wien, Pest, Leipzig 1879

Herzog, H.: Schweizer Sagen. Aarau 1871 (zitiert: Herzog)

Kapff, Rudolf: Schwäbische Sagen. Jena 1926 (zitiert: Kapff)

Keckeis, Peter (Hg.): Sagen der Schweiz. St. Gallen, Appenzell, Zürich 1987 (zitiert: K I)

– (Hg.): Sagen der Schweiz: Schaffhausen, Thurgau, Zürich 1988 (zitiert: K II)

Kuoni, Jakob: Sagen des Kanton St. Gallen. St. Gallen 1905. Zürich 1979 (zitiert: Kuoni)

Lachmann, Theodor: Sagen und Bräuche am Überlinger See. Weißenhorn 1972 (zitiert: L)

Meier, Ernst: Deutsche Sagen, Sitten und Gebräuche aus Schwaben I. und II. Stuttgart 1852 (zitiert: Meier)

Merk, Josef: Sagen aus der Höri. Badische Heimat 13 (1926) 60 (zitiert: Merk)

Möking, Bernhard: Sagen und Schwänke vom Bodensee. Konstanz 1964 (zitiert: M)

Oberholzer, A.: Thurgauer Sagen. Frauenfeld 1912 (zitiert: Oberholzer)

Petzoldt, Leander: Historische Sagen Bd. I. München 1976. Bd. II München 1977 (zitiert: HS)

– Deutsche Volkssagen. München. 2.Aufl. 1978 (zitiert: DVS)

– Deutsche Schwänke. Stuttgart 1979 (zitiert: Petzoldt)

– Dämonenfurcht und Gottvertrauen. Zur Geschichte und Erforschung unserer Volkssagen. Darmstadt 1989

– Kleines Lexikon der Dämonen und Elementargeister. München 1990

Steinau, Philipp von (= F. P. Grimm): Volkssagen der Deutschen. Zeitz 1938 (zitiert: Philipp von Steinau)

Vonbun, Josef / Beitl, Richard: Die Sagen Vorarlbergs. Bregenz 1980 (zitiert: VB)

Waibel, Josef / Flamm, Hermann (Hg.): Badisches Sagenbuch I. Freiburg 1898, II. 1899 (zitiert: WF)

Wehrhan, Karl: Die deutschen Sagen des Mittelalters I. München 1919, II. München 1920

Wiehl, Alois: Heimatperlen aus Geschichte und Sage Oberschwabens und den angrenzenden Gebieten. Ulm 1930 (zitiert: W)

Wolf, Wilhelm: Deutsche Märchen und Sagen. Leipzig 1845 (zitiert: Wolf)

Quellennachweis

(Die Zahlen beziehen sich auf die Nummern der Sagen)

1 Ulrich Richental: Chronik des Konstanzer Konzils 1414-1418. Faksimileausgabe. Konstanz 1965 (hier nach M, S. 13)

2 Wolf, S. 429

3 WF I, S. 32f

4 Wehrhan I, Nr. 175 (Zi. Chr.)

5 W, S. 133f

6 WF I, S. 24f

7 H. J. Chr. von Grimmelshausen: Des Abenteuerlichen Simplicissimi Ewigwährender Calender. Nürnberg 1671, S. 173 (Neudruck Konstanz 1976)

8 W, S. 132

9 WF I, S. 48f

10 B II, S. 2

11 B I, S. 156

12 Paul Dorpert: Rund um den Bodensee. Überlingen 1934, Nr. 4

13 K II, S. 205f

14 Robert Wildhaber: Das Sündenregister auf der Kuhhaut. Helsinki 1955, S. 19

15 WF I, S. 57ff

16 L, S. 59f

17 WF I, S. 68

18 L, S. 244f

19 WF I, S. 142

20 M, S. 47f

21 WF I, S. 142 (nach: L. Reich)

22 Ebenda, S. 133f

23 L, S. 48ff

24 Duft, S. 53 (Zi. Chr.)

25 WF I, S. 124ff

26 HB, S. 180

27 Petzoldt, Nr. 227 (Zi. Chr.)

28 Merk, S. 60

29 Petzoldt, Nr. 229 (Zi. Chr.)
30 Merk, S. 60
31 Ebenda, S. 60
32 K II, S. 146 (Wickiana)
33 F, S. 46ff
34 K II, S. 148f
35 F, S. 63f
36 HB, S. 180
37 K II, S. 133
38 Ebenda, S. 43ff (F)
39 Ebenda, S. 60 (F)
40 F, S. 24
41 K II, S. 58ff (F)
42 H. Wüscher-Becchi: Schaffhauser Stadtgeschichten. Schaffhausen 1926, (M, S. 188f)
43 K II, S. 95ff (F)
44 WF I, S. 148
45 Ebenda, S. 254f
46 B I, S. 2, Nr. 5 (WF)
47 B II, S. 1f, Nr. 2
48 Ebenda, S. 1f
49 WF I, S. 254
50 Ebenda, S. 254
51 B I, S. 233f, Nr. 242 (gekürzt)
52 WF I, S. 117f
53 Ebenda, S. 115f
54 WF, S. 263
55 WF I, S. 243
56 Ebenda, S. 246
57 Alemannia 12. Zeitschrift für Sprache, Literatur und Volkskunde des Elsasses und Oberrheins. Bonn, Freiburg 1884, S. 159f
58 L, S. 43ff
59 Ebenda, S. 42
60 Ebenda, S. 40
61 WF I, S. 102f
62 L, S. 145 (M, S. 80)
63 Ebenda, S. 28f (gekürzt)
64 Ebenda, S. 19f
65 Ebenda, S. 33f
66 Ebenda, S. 84
67 WF I, S. 175 (gekürzt)
68 Ebenda, S. 175 (gekürzt)
69 L, S. 87
70 WF I, S. 164
71 WF I, S. 159f (gekürzt)
72 L, S. 98f (WF I, S. 173)
73 Meier I, S. 35, Nr. 31 (DVS, Nr. 536)
74 L, S. 108
75 Ebenda, S. 92, Nr. 68
76 Ebenda, S. 105f
77 W, S. 139f
78 L, S. 114f
79 Ebenda, S. 116
80 Ebenda, S. 114f
81 L, S. 97f
82 Ebenda, S. 129f
83 WF I, S. 180
84 L, S. 79f
85 Ebenda, S. 108
86 WF, S. 90f (L, S. 63)
87 L, S. 64
88 M, S. 109 (L, S. 61)
89 L, S. 63f
90 W, S. 130f
91 Ebenda, S. 126f
92 Ebenda, S. 127
93 Ebenda, S. 126
94 Kapff, S. 81
95 Johann Wilhelm Wolf: Zeitschrift für deutsche Mythologie und Sittenkunde Bd. I. Göttingen 1853, S. 439
96 W, S. 129
97 M, S. 129f
98 Vossische Zeitung. Berlin 1780, Nr. 142 (HS II, Nr. 545)
99 L, S. 69

100 W, S. 137
101 WF, S. 153 (Zi. Chr.)
102 J. und W. Grimm: Deutsche Sagen. Berlin 1865, Nr. 521
103 Wehrhan II, Nr. 199
104 M, S. 122
105 W, S. 110
106 Birlinger 1874, S. 18
107 W, S. 116f (gekürzt)
108 Ebenda, S. 119f
109 Ebenda, S. 120
110 Birlinger 1861, S. 147, Nr. 227 (DVS, Nr. 539a)
111 W, S. 112
112 Ebenda, S. 121
113 Birlinger 1861, S. 235, Nr. 361 (W, S. 152)
114 Meier I, S. 172f
115 W, S. 177
116 Ebenda, S. 158
117 VB, S. 172f
118 Ebenda, S. 55
119 Ebenda, S. 54f
120 Beitl, S. 32f, Nr. 5
121 Ebenda, S. 41, Nr. 18
122 VB, S. 77, Nr. 55
123 Ebenda, S. 80
124 Ebenda, S. 87, Nr. 123
125 Beitl, S. 54, Nr. 33
126 VB, S. 157, Nr. 212
127 Beitl, S. 113, Nr. 180
128 Ebenda, S. 91, Nr. 130
129 VB, S. 85, Nr. 70
130 Beitl, S. 93, Nr. 137
131 Ebenda, S. 91, Nr. 131
132 M, S. 150 (Elsensohn, S. 33f)
133 VB, S. 175, Nr. 223 (gekürzt)
134 Elsensohn, S. 16
135 Ebenda, S. 29
136 Beitl, S. 66, Nr. 84
137 Ebenda, S. 153, Nr. 262
138 Ebenda, S. 156, Nr. 270
139 Elsensohn, S. 9
140 Ebenda, S. 30f (gekürzt)
141 K I, S. 63f
142 Ebenda, S. 67ff
143 Ebenda, S. 64ff (gekürzt)
144 Ebenda, S. 70f
145 Wehrhan II, S. 35ff, Nr. 240 (gekürzt)
146 Bechstein, S. 3f, Nr. 4
147 Kuoni, S. 4f, Nr. 3
148 WF I, S. 2f, Nr. 3
149 Kuoni, S. 30f
150 von Steinau, S. 74f
151 Wolf, S. 245f, Nr. 138
152 Kuoni, S. 25, Nr. 54
153 Ebenda, S. 22, Nr. 43 (gekürzt)
154 Theodor Vernaleken: Alpensagen (ed. H. Bug). Salzburg, Leipzig, 1938, S. 202
155 von Steinau, S. 81ff
156 Oberholzer, S. 1, Nr. 1
157 Ebenda, S. 1f, Nr. 2
158 Kuoni, S. 281, Nr. 476
159 Oberholzer, S. 49ff, Nr. 42
160 E. L. Rocholz: Schweizersagen aus dem Aargau I. Aarau 1856, S. 328, Nr. 232
161 Kuoni, S. 252, Nr. 432
162 Ebenda, S. 280
163 Ebenda, S. 282, Nr. 479
164 K I, S. 282
165 Kuoni, S. 228, Nr. 432 (gekürzt)
166 Herzog, S. 155
167 K II, S. 212 (M. Tobler)
168 Herzog, S. 156f
169 Walter Seeger: Die Bochselnacht in Weinfelden und Umgebung. Thurgauer Jahrbuch 1941, S. 9
170 K II, S. 233

171 Ebenda, S. 223f
172 Ebenda, S. 223f (gekürzt)
173 Johann Nater: Geschichte von Aadorf und Umgebung. Frauenfeld 1989, S. 846
174 K II, S. 243f
175 Ebenda, S. 228 (Oberholzer, S. 9, Nr. 13)
176 Schweizerisches Archiv für Volkskunde 16. 1912, S. 243
177 Kuoni, S. 258, Nr. 439
178 Schweizerisches Archiv für Volkskunde 16. 1912, S. 244
179 K II, S. 240f (gekürzt)
180 Thurgauer Jahrbuch 1930, S. 5 (J. Rickemann)
181 K II, S. 248f
182 Thurgauer Jahrbuch 1930, S. 27 (J. Rickemann)
183 Kuoni, S. 290, Nr. 491
184 Henne am Rhyn, S. 678, Nr. 992
185 K II, S. 198
186 Henne am Rhyn, S. 683, Nr. 1004
187 M, S. 184 (Birlinger 1874)
188 Schweizerisches Archiv für Volkskunde 13. 1909, S. 150
189 HB, S. 182 (K II, S. 191f)

Ortsverzeichnis